Coordinador de la colección: Daniel Goldin
Diseño: Joaquín Sierra, sobre una maqueta
original de Juan Arroyo
Diseño de portada: Joaquín Sierra
Dirección artística: Mauricio Gómez Morín

A la orilla del viento...

Primera edición en inglés: 1992
Primera edición en español: 1997
Segunda reimpresión: 1998

Para Hector Torres y Robin Ganz, críticos con corazón

Título original: *Pacific Crossing*
© 1992, Gary Soto
Publicado por Harcourt Brace Jovanovich, San Diego
ISBN 0-15-259187-7 (PD)
ISBN 0-15-259188-5 (R)

D.R. © 1997, FONDO DE CULTURA ECONÓMICA
Carr. Picacho Ajusco 227; México, 14200, D.F.

ISBN 968-16-4723-8
Impreso en México

GARY SOTO

ilustraciones de
Felipe Ugalde

traducción de
Carmen Corona del Conde

cruzando el
PACÍFICO

Fondo de Cultura
Económica

Capítulo 1

❖ LINCOLN MENDOZA se despertó sobresaltado por una sacudida y el sonido de su vaso de plástico con *7 Up* que se deslizaba sobre la mesa plegable frente a él. Por un segundo no supo dónde estaba; se sentía amodorrado. Hubo otra sacudida y se acordó que estaba a once mil metros de altura sobre la tierra, rumbo a Japón con su amigo de toda la vida, su *carnal,* su misma sangre, su vecino de *barrio,* el jugador estrella del equipo de basquetbol de la secundaria Franklin: Tony Contreras. Era la primera vez que iban a bordo de un jet *jumbo.*

"Por favor abrochen sus cinturones", dijo una voz delicada por el micrófono. Repitieron las instrucciones en japonés —dedujo Lincoln—, pues los pasajeros japoneses empezaron a manipular sus cinturones.

Lincoln le dio un codazo a Tony, quien tenía los ojos entreabiertos y un hilo de saliva empezaba a escurrirle de la boca. Tony suspiró y se apartó de Lincoln, recargándose ahora en el hombro de la mujer que tenía al lado.

—Despierta, ¿no ves que ya casi llegamos? —le dijo Lincoln—. Estás babeando.

—No —gruñó Tony—, el juego todavía no empieza.

—¿Qué juego? —le preguntó Lincoln riéndose.

Tony estaba soñando y estrujaba una servilleta con la mano. Le tembló la rodilla como a Flaco, el perro de Lincoln, cuando tenía pesadillas caninas.

Lincoln lo dejó dormir. Bebió el contenido de su vaso, incluidos los hielos que ya estaban del tamaño de una aspirina, y también el refresco de Tony. Miró por la ventana; el océano Pacífico parecía de plata con el brillo de los últimos rayos de sol de la tarde. A la distancia se veía una isla envuelta en niebla azulosa.

Cuando pasó la sobrecargo, Lincoln le preguntó cuánto faltaba para llegar. Sonriendo, ella le respondió que como una hora, y se llevó los vasos.

Lincoln suspiró y se dejó caer en el respaldo del asiento. Ya había leído dos libros, tres ejemplares viejos de *Deportes Ilustrados* y la revista de la aerolínea, sin importarle que casi toda estaba en japonés. Había jugado cartas y Tony tuvo que pagarle un dólar y medio con puras monedas de cinco y diez centavos. Empezó un crucigrama y pronto desistió pues tenía que ver con términos de biología que le recordaban la escuela. Comió tres veces y vio una película cómica que no le hizo gracia. En el tedio del vuelo de ocho horas incluso había escuchado la estación de música clásica con los audífonos. Lincoln nunca hubiera imaginado que permanecer sentado pudiera ser tan fatigoso.

Miró por la ventana. Ahora la isla se veía más lejos y los rayos de sol en el agua plateada lo deslumbraban. Bajó la persiana, acomodó la cabeza y se volvió a dormir. ❖

Capítulo 2

❖ ANTES DE terminar primero de secundaria, Lincoln y su mamá se mudaron de Sycamore, un suburbio que desfallecía bajo el tedio de la televisión y las parrilladas dominicales con los amigos *yuppies* de ella. Lincoln dejó la secundaria Colón y regresó a la Franklin en San Francisco, lo cual le dio gusto porque volvió a reunirse con Tony, su amigo de la infancia, quien le había tumbado su primer diente de leche o algo así, contaban una y otra vez las familias de ambos cada Navidad.

Lincoln y su mamá se establecieron en Noe Valley cerca del distrito Mission, donde había pasado los primeros doce años de su vida. Vivían en la ciudad, pero lejos de las peleas, los robos, los muros llenos de *graffiti,* la música estridente de los bares, los *cholos* con zapatos de borracho, los veteranos de brazos tatuados y cicatrices rosadas, y la basura desparramada en la esquina de Mission y Calle 24. Se mudaron a un departamento de dos recámaras en una de las calles que atraviesa Dolores. A su mamá le gustaba porque tenía un pequeño patio trasero donde plantaba sus impecables hileras de petunias, narcisos y tulipanes. Y casi brincó de emoción cuando una solitaria planta de tomate echó raíz y se estiró hacia el cielo como buscando su dosis de sol.

Antes de regresar a su barrio, Lincoln se había vuelto malgeniudo. Odiaba a tal grado los suburbios que un buen día decidió dejar de hacer su tarea. En cambio, ponía sus cintas de Hammer hasta que retumbaban los muros de la casa y se molestaban los vecinos. En la escuela se metía en pleitos; unos los ganó y otros, como el que tuvo con el "cabeza de vaca" de Bukowski, los perdió.

Lincoln había tenido una novia que se llamaba Mónica, pero su papá no lo quería y a su mamá tampoco le caía muy bien, sobre todo después de que atropelló sus flores con la bicicleta. Lincoln hizo lo posible por enderezarlas, pero quedaron arruinadas.

Se sintió mal después de que él y Mónica se separaron. Había podado jardines y lavado autos para comprarle una chaqueta de los Raiders. Cuando ella la recibió, envuelta en papel navideño pese a que no era Navidad, lloró y lo abrazó. A Lincoln le sorprendió cuán calientes eran las lágrimas cuando una resbaló por la mejilla de ella y cayó en su antebrazo. Sin embargo, sus papás la obligaron a devolverle la chaqueta y a no verlo más. Él la dejó ahí, colgada en el clóset, lánguida como bandera sin viento.

En enero, instalados de nueva cuenta en San Francisco, Lincoln empezó a estudiar *shorinji kempō*, un arte marcial japonés, en el Centro Zen Soto. Llegaron allí un sábado en que él y Tony, hermanos de *barrio* —ambos con tenis rojos—, se subieron al autobús equivocado y fueron a dar al barrio japonés. Dieron vueltas un rato, viendo vasijas, cajas de laca y perlas en los escaparates. Compraron palomitas y miraron chicas. Se pararon entre un grupo de curiosos y observaron a un mago de segunda que se sacaba pañuelos de la manga. Vieron a la policía llevarse al mago, a jalones, porque supuestamente cometía una infracción al pedir dinero a la gente.

Al subir por la calle Pine oyeron unos gruñidos, alzaron la vista y vieron un letrero de color rojo sangre: dos combatientes y las palabras *Shorinji Kempō*. Siguieron los gruñidos y el griterío a lo largo de un pasillo y se sorprendieron al entrar en un cuarto lleno de gente que hacía ejercicio en uniforme blanco.

El *sensei*, un japonés grande con pecho de barril y la cara brillante de sudor, los recibió indicándoles una hilera de sillas plegables. Con los puños apretados, Lincoln y Tony se sentaron y observaron, emocionados por las patadas, los golpes, las llaves y las caídas sin duda dolorosas. A la semana siguiente ya estaban tomando clases.

Tony dejó de ir a los dos meses, pero Lincoln se quedó y en seis meses avanzó hasta *sankyu* (cinta marrón). En *shorinji kempō* no había muchas cintas de colores; el alumno pasaba de la blanca a la marrón sin un arco iris de etapas de por medio. La escuela no participaba en campeonatos pues consideraban que las artes marciales eran para utilizarse en peleas callejeras y no como deporte de exhibición.

De vuelta con sus amigos de la secundaria Franklin, Lincoln mejoró sus calificaciones de sietes a dieces; le bajó el volumen al estéreo y, cada vez que su mamá se lo pedía, lavaba los trastes. Estaba animado y Flaco, su perro, también. Su mamá estaba contenta y hasta empezó a pensar en casarse con su novio Roy, un tipo con las rodillas estropeadas, de buen corazón.

Un día Lincoln estaba en el taller de soldadura de la escuela intentando unir dos pedazos de tubo cuando el profesor, el señor Parish, lo mandó llamar.

—Mendoza. El señor Ayala quiere verte —le ordenó con un bocado de sandwich en la boca.

El señor Ayala, el director, era un ex policía que había trabajado en Haight-Ashbury en la época *hippie* de San Francisco. Era un hombre rudo; orgulloso de la cicatriz en su antebrazo a causa de una cuchillada. Muy pocos chicos le hablaban y si alguno lo hacía, el señor Ayala lo empujaba contra la pared, le ponía su enorme mano en el cuello y le decía: "Te crees muy listo, ¿eh?"

Lincoln se desconcertó porque lo llamaran de la dirección. Sumergió el tubo en una pileta de agua gris y se levantó una nube de vapor metálico que le picó en la nariz. Se quitó el delantal y se lavó las manos, pensando qué habría hecho mal.

Rumbo a la oficina del director Ayala buscó en su mente algún indicio para su caída en desgracia. Tenía la certeza de que su expediente estaba limpio pero, de pronto, se acordó de que en el recreo del día anterior él y Tony estuvieron lanzando cartones de leche vacíos, uno por uno, a un bote de basura. Bromearon un rato y, cuando sonó la campana, dejaron los cartones en el suelo, escurriendo restos de leche. "¿Cuál era el problema?", pensó Lincoln. Sintiéndose un poco culpable empezó a recolectar basura en el camino: envolturas de chicle, palos de paleta, vasos de papel y cartones de leche aplastados.

El señor Ayala, sonriente y jugueteando con un lápiz, lo invitó a sentarse y le dijo que no estaba metido en ningún lío.

—¿Qué opinas de Japón? —le preguntó a Lincoln. Pese a que era temprano, su rostro reflejaba cansancio, como si fueran las cinco de la tarde. Tenía la corbata floja y los puños de la camisa enrollados; su cicatriz se veía rosada a la luz del día.

—Está muy lejos —respondió Lincoln inseguro—. Fabrican buenos automóviles.

—Eres un tipo listo, ¿eh? —dijo el señor Ayala complacido. Le explicó que un distrito escolar de Japón buscaba estudiantes de intercambio para el verano. No asistirían a la escuela, sólo se hospedarían con una familia. El director pensó en Lincoln porque sabía que tomaba "algún tipo de karate".

A Lincoln le entró curiosidad. En su mente surgió la imagen de un *dojo* y de un *sensei* en flor de loto frente a una bandeja con incienso. Se imaginó montañas cubiertas de nieve y cerezas brotando en ramas negras. Se vio a sí mismo como un joven guerrero en un *gi* blanco manchado de la sangre del enemigo.

—¿Quiere decir que podría ir a Japón? ¿Yo? —preguntó Lincoln.

—Sí, tú. Irás como estudiante de intercambio. Ya sabes, se trata de un gesto de buena voluntad —recalcó el señor Ayala, doblando un clip con los dedos.

En ese momento entró Tony a la oficina con cara de culpabilidad y oliendo a brillantina. Parecía estar a punto de confesar que había hecho algo malo cuando Lincoln le susurró:

—*Cállate*. No estás en líos.

El director se rió.

—Piensas que te va a ir mal, ¿verdad, Tony? —le preguntó, conduciéndolo a una silla—. ¿Y *tú* qué opinas de Japón?

Tony se frotó el mentón y dijo:

—Fabrican buenos automóviles, eso creo —le brillaban los ojos—. ¿O estoy equivocado?

—Otro tipo inteligente, ¿verdad? —enfatizó el señor Ayala con una sonrisa que le marcaba más las líneas de la cara. Le habló a Tony del programa de intercambio para estudiantes y aclaró que los nombraba a ellos porque habían mostrado un interés por Japón al tomar artes marciales.

—Tus calificaciones son para llorar —dijo el señor Ayala abriendo el expediente de Tony—, pero te podría hacer bien ver otro país. ¿*Entiendes*?

Lincoln y Tony asintieron.

—Voy a hablar con sus padres —dijo el señor Ayala, lanzando el clip al cesto de basura; erró fácil como por treinta centímetros—. Habrá algunos gastos que cubrir. Son seiscientos dólares del boleto de avión.

—¿Seiscientos dólares? —exclamaron ambos.

—No se preocupen. La Asociación de Padres y Maestros pagará la mitad. Y en cuanto a ustedes será mejor que vayan a podar algunos jardines.

Azorados, Lincoln y Tony abandonaron la oficina. Rara vez los habían invitado a alguna parte, y ahora los invitaban a Japón.

—Pero si yo dejé el *kempō* —dijo Tony.

—Él no lo sabe. No digas nada.

Lincoln le dio un golpe a Tony en el brazo y regresó al taller de soldadura, pensando cómo le iban a hacer él y Tony para conseguir el dinero del boleto de avión si a veces era difícil conseguir para el autobús. Éste era el único impedimento, qué lástima que fuera tan grande. Quizá su mamá le diera algo de sus ahorros. Tendría que tratarla muy bien por el resto del siglo, o más.

Esa noche Lincoln le platicó a su mamá del programa de intercambio para estudiantes:

—El boleto de avión nos va a costar por lo menos trescientos dólares —remató.

La mamá de Lincoln estaba contenta por su hijo. Cuando tenía su edad, catorce años, quiso ir a un intercambio de estudiantes a Francia, pero su familia no tuvo dinero para mandarla.

—El dinero nace en los árboles —le dijo con los ojos brillantes—. Vas a ir *mi'jo*.

Lincoln supo a qué se refería. En su recámara, en una planta de cactus, su mamá tenía escondida la llave de la caja fuerte. Llegado el momento, la retiraría del escondite y abriría la caja.

En la casa de Tony los ahorros de la familia se guardaban en el refrigerador, aplastados en la parte de atrás de la nevera entre un paquete de chícharos congelados y un salmón tuerto que el tío de Tony había pescado en Alaska.

Ambos chicos irían a Japón con un fajo de dinero en el bolsillo porque sus mamás sabían cómo ahorrar y ahorrar, hasta en los días difíciles.

El jet se inclinó y los motores retumbaron mientras disminuía la velocidad. Cuando Lincoln abrió los ojos Tony lo examinaba.

—Tienes legañas —le dijo, tallándose él mismo los suyos.

Lincoln se limpió los ojos y bostezó tapándose la boca.

—¿Qué hora es? —preguntó Lincoln—. Me siento terrible.

—No sé, *mano*. Siento como si hubiéramos nacido en este jet. ¿Qué Japón está cerca de la luna?

Se encendió el letrero de "Abroche su cinturón" y la sobrecargo recorrió el pasillo recolectando tazas y vasos, hablando en japonés y luego en inglés.

—Se olvidó de nosotros, la *gente* que habla español —comentó Tony sarcásticamente—. *Señorita, mi amigo es muy feo y un tonto también.*

La mujer sonrió y sus ojos semejaron triangulitos.

—*No, chavalo, su amigo es lindo y listo.*

Lincoln y Tony se miraron sorprendidos, pelando los ojos.

—¡¿Viste?! ¡Sabe español! —dijeron al mismo tiempo. Se rieron y por la ventanilla vieron un ramillete de luces de Tokio brillando en la noche. Se distinguían ya los edificios y los buques enormes anclados en la bahía. El jet descendió entre nubes ligeras y comenzaron a verse las casas, los cerros, las fábricas, un puente y un río de luces: automóviles en una carretera. Vieron un tren y, conforme descendieron más, un anuncio de *Coca-Cola* en japonés.

Al aterrizar, los pasajeros suspiraron y algunos aplaudieron. Había sido un viaje largo, casi nueve horas de aire viciado, asientos angostos y revistas leídas y releídas.

Pasaron la aduana y los oficiales con guantes blancos revisaron maletas y equipaje de mano. Sacaron sus pasaportes y Tony bromeó sobre ser detenido y registrado por *la migra*. No paró con eso hasta que Lincoln lo acalló.

—¿Qué no se te ocurre algo más qué decir? —le reprochó Lincoln.

—Sí: ¿qué hago aquí? Yo no tomo artes marciales. Tú eres el bueno. Yo podría estar trabajando en el restaurante de mi tío Rudy, ganando dinero en vez de gastarlo.

—¿Quién quiere trabajar? Tienes toda la vida para eso.

—Sí, tienes razón —admitió Tony.

Salieron de la aduana. Mientras subían por la rampa para encontrarse con sus familias anfitrionas, Lincoln deseó que él y Tony volvieran a verse pronto.

En California, durante una semana habían tomado clases de orientación con otros jóvenes que irían a Japón en el mismo programa de intercambio. Ahora estaban solos; eran los únicos estudiantes que se quedarían en Atami, una pequeña localidad agrícola a tres horas de Tokio. Lincoln se alojaría con la familia Ono y Tony con la familia Inaba; ambas familias vivían en pequeñas granjas de una hectárea. Lincoln sabía que su anfitrión trabajaba en la estación de ferrocarril, que la esposa se ocupaba de la granja y que tenían un hijo de su edad. Lo entusiasmaban los días por venir en Japón. Quería estudiar *kempō* y aprender a hablar japonés, y para ello disponía de seis semanas.

—Esto es raro —oyó Lincoln decir a Tony cuando éste era devorado por un grupo de gente. La familia Inaba completa: el papá, la mamá y el hijo, sonreía, se inclinaba una y otra vez y recibía a Tony con pequeños presentes envueltos en papel bellamente decorado. ❖

Capítulo 3

❖ —¿EL SEÑOR Lincoln Mendoza? —preguntó el señor Ono.

Lincoln estaba ante un hombre pequeño de ojos acuosos. Su rostro oscuro, con algunas arrugas, tenía una expresión digna; revelaba toda una vida de trabajo para sostener a una familia. Lincoln también hizo una reverencia, inclinándose un poco más que su anfitrión.

—Sí, yo soy Lincoln Mendoza. Gracias por recibirme.

—Muy bien —dijo el señor Ono. Extendió la mano y Lincoln sintió la fuerza del apretón de un hombre trabajador.

Lincoln volteó y vio a Tony estrechando la mano del señor Inaba, al estilo *raza*. Tony reía y su anfitrión sonreía y le pedía que lo volviera a hacer.

—*¡Órale, papi!* —gritó Tony—. ¡Va de nuevo!

"Estamos a quince mil kilómetros de San Francisco", pensó Lincoln, "y Tony se comporta como un verdadero *vato*". Lincoln le gritó:

—Nos vemos en la ciudad —y su amigo, actuando como los chicos de su barrio, alzó un puño cerrado y exclamó:

—*¡Viva la Raza!*

Lincoln se apresuró al lado del señor Ono. Caminaron deslizándose entre el vaivén de pasajeros apurados a tomar sus vuelos.

Acomodaron el equipaje y una vez dentro del automóvil el señor Ono dijo en perfecto inglés:

—Mi familia nos espera en casa.

Lincoln se sacudió cuando el señor Ono cambió a segunda, y luego a tercera, entre los retumbos del escape roto.

Desde la carretera Lincoln veía extenderse la ciudad de Tokio. Las luces de neón y los rascacielos brillaban en el horizonte. Había buques petroleros del largo de una calle atracados en el puerto, donde la luz de la luna no lograba reflejarse en el agua oscura. Una antena de radio se erigía en la punta de un cerro como un árbol de luces rojas que parpadeaban lentamente. Lincoln pensó que Tokio se parecía a San Francisco, donde las casas son el telón de fondo de la bahía.

Los anuncios a un lado de la carretera estaban en *kanji*, escritura japonesa, con una que otra palabra en inglés como *shampoo* o *luxury*. Lincoln no entendía *kanji* pero fácilmente podía comprender que se trataba de anuncios de automóviles, cigarrillos, cervezas y licores; los mismos productos que en Estados Unidos.

Los conductores estaban igual de locos que en San Francisco, pero las bocinas al parecer eran menos ruidosas y molestas. El tráfico marchó a vuelta de rueda hasta que llegaron a una autopista de cuatro carriles que los sacó de la ciudad.

—Tokio es como Estados Unidos —dijo Lincoln sonriendo y tratando de hacer plática—. Usted sabe, también tenemos nuestro Festival de la Cereza allá en San Francisco.

—Sí —dijo el señor Ono, frenando tan bruscamente que Lincoln tuvo que sujetarse del tablero. Giró el volante y con una peligrosa maniobra se pasó al siguiente carril.

—Yo soy de San Francisco —continuó Lincoln—. Estamos en una bahía, como Tokio.

—Sí, pero Estados Unidos es muy grande —dijo el señor Ono, desviándose otra vez al carril izquierdo con los ojos fijos en el retrovisor—. Es grande como el cielo.

Un auto le tocó la bocina, pero él lo ignoró por completo.

"Grande como el cielo", pensó Lincoln. No sabía qué responder. Dirigió su atención a la bahía con sus grandes buques de carga repletos de exportaciones. Se acordó del automóvil de su mamá, un *Maxima* fabricado en Japón que ya se acercaba a los setenta mil kilómetros y no tenía una falla. Solamente una abolladura en un costado y el vidrio de atrás estrellado de cuando Tony lo golpeó accidentalmente con un bat.

Lincoln resintió la humedad del clima. Sudaba copiosamente y la camisa se le pegaba a la piel. Era julio, una de las temporadas más calientes en Tokio, y el cemento y el asfalto todavía irradiaban el calor del día. Lincoln vio un anuncio de *Coca-Cola* y se le hizo agua la boca. Deseó aunque fuera un trago.

El señor Ono lo notó y alcanzó del asiento de atrás una bolsa con una botella adentro.

—*Ramune*. Es muy bueno, ¿quieres?

Lincoln cogió la botella y le dio la vuelta.

—*Ramune* —repitió, conteniendo la respiración.

El señor Ono abrió la botella sumiendo el tapón y retirando una tapa en forma de canica. Lincoln tomó un trago largo y profundo, que le despejó la garganta y lo hizo sentirse bien. Miró las letras de la etiqueta pero no pudo descifrar si se trataba de refresco o de jugo.

—¿Qué me dijo que era?

—*Ramune*. Te hace bien, Lincoln-*kun*.

Lincoln encogió los hombros, se bebió todo el líquido, y colocó el envase en el asiento de atrás.

—Muy bueno, gracias —comentó en tono alegre.

Pronto la ciudad dejó el lugar a miles de campos pequeños rebosantes de tallos de arroz, iluminados por la luna de julio. Al aumentar la velocidad, cascabeleó la defensa; Lincoln ya había notado que estaba vieja y pandeada. También se había dado cuenta de que el señor Ono vestía sencillamente y que tenía las manos igual de ásperas que las de su tío Ray, un técnico en radiadores. Se había imaginado que a todos los japoneses les iba bien, que disfrutaban de la riqueza de sus computadoras de alta tecnología y de sus automóviles de primera línea. Pero estaba equivocado.

En la oscuridad, Lincoln adivinaba los rasgos del señor Ono fumando un cigarrillo, el resplandor rojo de la ceniza le iluminaba la cara. Parecía un trabajador, con la barba rasposa y los ojos hundidos del cansancio. Parecía mexicano, moreno, con la piel curtida por tantos años de trabajo. Lincoln bajó la visera y se miró en el espejo; su piel era totalmente lisa y tenía los ojos brillantes y un pelo negro lustroso como zapato recién boleado.

Se arrulló con el sonido del motor hasta que cayó en una especie de sopor. Estaba cansado del vuelo y de la noche anterior, pues no había dormido por la emoción del viaje. Se la pasó dando vueltas y vueltas en la cama con la misma imagen en la mente: un *dojo* perfectamente barrido y un humo pálido de incienso flotando en el aire. Ahora estaba en Japón, más parecido a San Francisco que a los calendarios que le obsequiaron a su mamá en el Banco Sumitomo. Para Lincoln, Tokio era demasiado moderno.

Lincoln había empezado a soñar con Japón cuando entró a clases de *kempō*. Se interesó por su historia y su cultura desde cierta vez que su mamá y él fueron a un festival de películas japonesas. Su película favorita era *Yojimbo*, sobre un espadachín ciego que exterminaba el mal en una pequeña aldea. Pero Tokio no se parecía a la película. Ni una sola mujer vestía kimono; ni un solo hombre calzaba *geta* (sandalias de madera).

Lincoln se quedó dormido. Despertó cuando el automóvil entraba en una cochera. Los faros iluminaron a un gato y el cielo ya no tenía el fulgor brillante de la ciudad. Estaba negro, las estrellas titilaban en lo alto, y los grillos cantaban en los pastizales, a lo lejos ladró un perro. Una radio tocaba música clásica. El señor Ono había manejado cerca de 250 kilómetros, y Tokio había desaparecido por completo.

Lincoln se pasó la mano húmeda por la cara, se estiró y bostezó. Se sentía sucio, tenía la camisa tiesa de sudor seco y la boca agria por no haberse cepillado los dientes desde el desayuno en California, varios husos horarios antes. Abrió la puerta del coche y bajó una pierna entumecida al suelo. Ya estaba en "su casa": una pequeña casa estilo occidental, en una granja diminuta. Podía oler los vegetales en el campo, y el ligero tufo a pollos y composta. La luna colgaba, plateada y redonda como una moneda, entre dos árboles.

Lincoln salió del automóvil despacio, haciendo lo posible por mostrar su alegría a los señores Ono y a su hijo Mitsuo.

—Bienvenido, Lincoln —le dijo la señora Ono, haciendo una reverencia—. Debes estar cansado.

Lincoln también hizo una reverencia y dijo:

—Sí, estoy cansado. Gracias por recibirme.

La señora Ono parecía más alta que su marido. Le recordó a su propia mamá, de huesos grandes, morena y con una sonrisa que lo hizo sonreírle a su vez. Vestía de *vaqueros,* con una blusa a cuadros, y llevaba el pelo recogido en un chongo.

Lincoln no se pudo aguantar y se lo soltó:

—Usted se parece a mi mamá.

—Mi inglés no es muy bueno —dijo la mamá ayudándole con el equipaje—, por favor repite lo que dijiste.

—Ah, quiero decir que muchas gracias por recibirme —contestó Lincoln mordiéndose la lengua. Se colgó su mochila en el hombro y tomó el equipaje que cargaba la señora Ono.

—Yo puedo hacerlo. —Se tambaleó bajo el peso de las maletas al seguir a los Ono hacia la casa.

Cuando la familia le miró los zapatos, Lincoln comprendió que debía quitárselos. Se dio en la cabeza con la mano y dijo:

—¡Ay!, disculpen —todos sonrieron y la señora Ono le dio un par de pantuflas.

—¿Quieres algo de beber? —le preguntó Mitsuo. Mitsuo era tan alto como Lincoln. Pero Lincoln tenía el pelo largo, casi alborotado, y Mitsuo lo llevaba demasiado corto. Era fuerte, al cargarle el equipaje a Lincoln los biceps se le inflaron como globos y la camiseta se le estiró en el pecho, revelando dos bloques de músculo.

—*Ramune*, por favor —pidió Lincoln.

La mamá y el hijo se miraron sorprendidos. Mitsuo fue a la cocina por cuatro *ramune* y se instalaron en la sala. Se miraron unos a otros, intercambiaron sonrisas y bebieron. Lincoln sentía los brazos flojos, la cabeza pesada como una roca y los ojos empequeñecidos por falta de sueño.

En un inglés cuidadoso, Mitsuo le preguntó:

—¿Juegas beisbol?

—No, basquetbol. Pero me gusta el beisbol. Jugué dos años en la Liga Menor.

—Aquí el basquetbol no es tan popular, en cambio el beisbol sí. Yo soy jardinero.

Mientras Lincoln bebía su *ramune* lo fue invadiendo el sueño. Se talló los ojos, bostezó y enderezó la espalda para no dormirse. Su familia anfitriona estaba lista para que les platicara algo sobre él.

—Beisbol. Yo, eh… —No podía concentrarse, su mente se deslizaba en el cansancio—. Deportes, *mmn*... Me gustan las películas…

—¿Te gustan los Gigantes de San Francisco? Nosotros tenemos a los Gigantes de Tokio.

—Sí, muchas veces —respondió, creyendo que le habían preguntado que si había visto jugar a los Gigantes en Candlestick Park. Se bebió hasta la última gota y vio que Mitsuo y sus papás movían los labios como si le estuvieran haciendo preguntas. Abrió la boca en un bostezo ancho como un sombrero y se quedó dormido en el sofá con la botella vacía de *ramune* entre las manos. ❖

Capítulo 4

❖ LINCOLN DESPERTÓ con el zumbido de una mosca que volaba en círculos sobre su cabeza. Abrió lentamente los ojos, miró un rato el techo, y se dijo a sí mismo: "Estoy en Japón".

Se dio la vuelta en su *futon* y trató de ponerse de pie, pero tuvo que sentarse porque se mareó. Suspiró y se acostó de nuevo; después de contemplar los recorridos hipnotizadores en forma de ocho de la mosca, se volvió a dormir. Cuando despertó por segunda vez Mitsuo estaba de pie junto a él golpeando con el puño un guante de beisbol. Hacía mucho calor, la luz del sol entraba en diagonal por una ventana abierta. Ahora había dos moscas dando vueltas en el aire, en vez de una.

—Lincoln-*kun*, ¿estás despierto?

Lincoln se impulsó con los codos, sacudiéndose el sueño de los ojos.

—Sí. Estaba cansado por el vuelo. ¿Qué hora es?

—Es hora de comer. ¿Te gusta el *rāmen*? *Haha* está trabajando en el campo y *Chichi* se fue a la estación.

—¿Quiénes?

—*Haha* es "mamá" y *Chichi* es "papá" —le explicó Mitsuo. Puso el guante en el clóset y recorrió la cortina; el sol inundó el cuarto.

—Ven, vamos a comer.

Lincoln se paró, se lavó rápidamente en el baño, y alcanzó a Mitsuo en la cocina. Comieron en silencio, mirándose y sonriendo de vez en cuando. A Lincoln le caía bien Mitsuo.

—Eres bueno con los *hashi* —comentó Mitsuo.

—¿Te refieres a los palillos chinos?

—Sí, "palillos chinos". Qué simpática palabra. Tenemos cucharas si prefieres.

Lincoln sorbió una madeja de fideos. Quería decirle a Mitsuo que casi siempre comía con una tortilla. Pero cómo lograría, en su primer día, hacerle entender que era al mismo tiempo mexicano y norteamericano. Bebió el caldo de su *rāmen*. "Tal vez después les hable de la comida mexicana", pensó, limpiándose la boca con una servilleta de papel.

Mitsuo se levantó y dijo:

—Tengo que regresar a trabajar. Tú descansa.

—No, te ayudo —le dijo Lincoln, acercando su plato al fregadero.

—Tú eres nuestro invitado.

—No, por favor. Yo quiero ayudar.

Mitsuo se quedó pensativo un momento.

—Está bien, pero déjame traerte algo. —Salió y volvió con una camisa de faena de manga larga—. Ten —Mitsuo le dio la camisa a Lincoln—. Si no te la pones te van a morder las moscas; también usa este sombrero.

Lincoln se puso el sombrero y vio su reflejo en la ventana de la cocina.

—Mi mamá se sentiría orgullosa. Ella antes trabajaba en el campo —dijo Lincoln satisfecho.

—¿Tu mamá es campesina? —le preguntó Mitsuo mientras se amarraba las agujetas—. Ten, usa las botas de papá.

—No, pero recogía uvas cuando era chica. Ahora trabaja en una oficina. —Lincoln se puso unas botas con las puntas curvas.

Los dos se reunieron con la señora Ono quien se hallaba sumergida hasta las rodillas en hojas de berenjena. La familia iba a cosechar en un mes, pero ahora, a principios de julio, el fruto se inflaba como globo y asomaba entre las hojas. Era necesario desyerbar los vegetales, irrigarlos y revisar que no tuvieran gusanos.

—*Nasu* —dijo Mitsuo señalando una berenjena.

—*Nasu* —repitió Lincoln.

Lincoln no sabía lo que era trabajar, aunque a veces lavaba el BMW de su tío y éste le pagaba, o podaba el césped para ganarse algo de dinero. Casi todos sus parientes alguna vez trabajaron en el campo pizcando algodón, cortando uvas y levantando naranjas, melones y almendras al oeste del Valle de San Joaquín. Pero el trabajo del campo, inclusive en un diminuto plantío de beren-jenas (la hortaliza que menos le gustaba) y en tres hileras de plantas de tomate, era algo nuevo para Lincoln. No le importaba tambalearse con unas botas que le quedaban grandes, ni tener la cara oculta bajo un enorme sombrero, se sentía orgulloso de sí mismo.

La señora Ono levantó la cara.

—Buenos días, Lincoln-*kun*. —Miró al cielo—. No, buenas tardes.

—Tenía muchísimo sueño —le dijo Lincoln. Y a pesar de que ya habían pasado muchas horas, todavía se sentía un poco mareado por el vuelo—. Siento mucho haberme levantado tarde.

—Fue un viaje largo —dijo la señora Ono. El sombrero le tapaba la cara y tenía los zapatos llenos de lodo—. ¿Ya comiste?

—*Rāmen.*

—¿Te gusta el *rāmen*?

—Claro que sí —respondió Lincoln con muy buen humor, pidiéndole el azadón a la señora Ono. Una gota de sudor resbalaba por la mejilla de ella y en las cejas tenía grumos de tierra—. Usted descanse, Mitsuo y yo terminaremos.

—A Lincoln-*kun* le gustaría ayudar —dijo Mitsuo.

La señora Ono miró a Lincoln:

—Pero eres nuestro invitado.

—De todas maneras quiero ayudar.

—Siendo nuestro invitado, no puedes trabajar. Nos daría mucha vergüenza.

—Soy parte de la familia —refutó Lincoln—. Descanse, Mitsuo y yo la relevamos.

Enternecida, la señora Ono comenzó a reír.

—Tengo trabajo allá adentro —dijo, y abandonó el campo, se quitó el sombrero y se limpió el sudor de la cara y del cuello con un pañuelo.

Mitsuo cogió el azadón.

—Mira, así —le explicó a Lincoln.

Caminó entre surcos estrechos, separando las hojas y repartiendo las hierbas con mucho cuidado. Lincoln lo siguió y azadonaron en silencio con el sol en la espalda.

Al recargar su azadón en el cobertizo, Lincoln sintió punzadas de dolor en la cintura. El sol flotaba en el poniente, deslizándose tras los techos de teja de las casas vecinas. Había trabajado solamente tres horas, pero estaba exhausto. Desde la barda, un gato lo observó desamarrarse las agujetas de sus botas enlodadas; maulló y Lincoln le chistó.

—¿Tienes que trabajar todos los días? —le preguntó a Mitsuo.

—Todos los días —respondió Mitsuo mientras se desataba sus botas enlodadas y se quitaba la camisa—. No nos queda otra.

Era su primer día completo en Japón y lo único que había visto eran los extremos morados de las berenjenas. Lincoln rió para sí mientras bebía de una botella de *ramune* helado. Con cada trago que daba se le movía la manzana de Adán. Después, él y Mitsuo se sentaron en la *engawa,* una terraza de madera que daba al jardín, y contemplaron el paisaje, cada uno metido en sus pensamientos. El aire era denso y húmedo, y olía a tierra. Por encima de los techos de las casas cercanas, Lincoln vislumbró los edificios más altos de Atami. En la lejanía rugió un auto con el mofle roto. Un vecino le gritaba a un perro que ladraba, y dos niños jugaban luchas en la calle con unas espadas de plástico. Al terminar su bebida Lincoln estaba demasiado cansado como para pensar en dónde se encontraba. Se echó hacia atrás y dormitó unos minutos con la botella en la mano hasta que oyó la voz de Mitsuo.

—¿Estás cansado?

—Un poco —respondió Lincoln, estirándose como gato.

Ahí tumbado, con las manos detrás de la cabeza, Lincoln pensó en su casa. Todavía no la extrañaba, pero sabía que llegaría la sombra abrumadora de la nostalgia cuando menos lo esperara. Una vez fue a visitar a su tía al Valle Imperial de California y a los tres días lloraba en la almohada, añorando su casa. En ese entonces tenía apenas ocho años. Ahora tenía catorce y era mucho más maduro. Sin embargo, sabía que la iba a extrañar. Por el momento sólo tenía calor y el cuerpo pegajoso. También hambre.

—¿Sabes? Creo que en San Francisco es hora de comer.

A Lincoln le gruñían las tripas y se le antojó poder hincarle el diente a una hamburguesa con queso.

—¿Cómo es San Francisco?

—Como Tokio, pero no tan caluroso. Pensé que me iba a morir en el camino desde el aeropuerto.

—Hemos oído que en California hay muchos locos, ¿es cierto?

—Algunos. Hay uno que otro loco en las calles.

—¿Tú tienes pistola? —le preguntó Mitsuo, rodando la botella vacía de *ramune* por su pecho. Su frescura le erizaba la piel.

Lincoln se enderezó, recargándose en sus codos, y miró a Mitsuo asombrado.

—¿Una pistola? Ni siquiera tengo carro.

—Hemos oído que todos los americanos tienen pistola.

Lincoln se echó a reír, luego se detuvo. Recordó a un *vato loco* de su antigua calle que balacearon por no pagar una apuesta de dos dólares en un juego de futbol. No se murió, pero le destrozaron una rodilla.

—Sí, hay tipos que andan con pistola. Pero la mayoría de la gente es suave.

—¿Suave? ¿Qué es "suave"?

—Quiere decir *alivianado*, ¿sabes?, que está bien, agradable.

—*Suave* —dijo Mitsuo, pensando en la palabra.

—¿Dónde aprendiste inglés? —le preguntó Lincoln.

—En la escuela; es muy necesario. Estados Unidos es el número uno y Japón el número dos, así que debemos de aprender su lengua.

—No, al revés —refutó Lincoln, quitándose la camiseta—. Ustedes sí que lo tienen todo. Me gustan sus automóviles.

—Los automóviles no son nada —rebatió Mitsuo—. ¡Hammer es el mejor!

Lincoln rió, abrió las piernas y empezó a estirarse, tocándose los pies con las manos. Mitsuo le había dicho que las prácticas de *kempō* iniciaban esa tarde y Lincoln quería estar en forma.

Estuvieron un largo rato sin hablar. Dos cuervos se peleaban en el cable telefónico y desde la casa se oyó el sonido de un cuchillo picando sobre una tabla de madera. Mitsuo se sentó y rodó la botella en el piso de la terraza.

—Vámonos.

—¿A dónde? —preguntó Lincoln, incorporándose despacio y poniéndose la camiseta.

—Ya verás.

Mitsuo le dio a Lincoln un par de sandalias de madera.

—Ponte éstas.

Lincoln las observó y se las puso. Dio unos cuantos pasos con mucho cuidado; era como andar en zancos.

—Están ricas.

—¿Ricas? —preguntó Mitsuo, tomando una camisa limpia que colgaba en el barandal de la terraza—. ¿Quieres decir que te gustan?

—Son realmente suaves.

—Ricas —murmuró Mitsuo al salir de la terraza, el *clac, clac, clac,* de sus *geta* resonaba por el camino de piedra rumbo a la reja. Saludaron a la señora Ono que estaba en la cocina y ella les gritó que volvieran a tiempo para cenar. ❖

Capítulo 5

❖ LINCOLN y Mitsuo caminaron a paso veloz entre los cultivos, casi todos densamente poblados de vegetales. Pronto aparecieron casas y pequeños negocios: bares, restaurantes, un taller de bicicletas, una pescadería, y algunas tiendas de aparatos domésticos. El camino de tierra desembocó en banquetas de cemento. La calle estaba llena de hombres que regresaban a sus casas con la corbata suelta y la camisa floja tras una larga jornada laboral.

Atami es una ciudad agrícola en expansión. Durante siglos sus granjas se extendieron hacia las montañas y en las tierras bajas crecían manzanos y perales. Hoy en día, la calle principal de Atami está invadida de autos y de rascacielos de cristal reluciente. Las bicicletas cascabelean por las calles angostas obligando a los transeúntes a pegarse contra la pared.

Lincoln siguió a Mitsuo al interior de un edificio en donde la atmósfera era húmeda y densa, con un sonido de lluvia. En el mostrador había un hombre robusto con los anteojos empañados y con un periódico extendido frente a él; levantó la cara, limpió sus anteojos y entre dientes dijo algo en japonés a Mitsuo, quien le dio unos yenes.

—¿Qué lugar es éste? —preguntó Lincoln.

—Un *sentō*. Un baño público.

—¿Nos vamos a bañar?

Lincoln caminó tras Mitsuo, quien ya se quitaba la camiseta. Entraron en un pequeño cuarto lleno de vapor donde había hombres que se enjabonaban y se enjuagaban con cubetas.

—Allá voy —dijo Lincoln y se quitó la camiseta. Se sintió un poco avergonzado al ver a tres hombres sentados en lo que parecía un chapoteadero.

Los chicos pusieron su ropa en una canasta y acomodaron sus *geta* junto a la pared.

—Te voy a enseñar —le dijo Mitsuo—. Siéntate aquí.

Lincoln se sentó en un banquito de madera. Mitsuo empezó a enjabonarle y tallarle la espalda con movimientos circulares vigorosos.

—Esto es raro, me siento como en un servicio de autolavado —murmuró Lincoln. Había oído hablar de los baños públicos, pero no podía creer que estuviera en uno.

Después de que Mitsuo lo enjuagó, Lincoln enjabonó y talló a Mitsuo, quien se carcajeó y le dijo:

—Talla duro, más duro.

Se metieron a la tina de azulejos. Mitsuo casi dio un brinco y Lincoln metió primero una pierna y luego la otra.

—Está ardiendo como lava —dijo Lincoln silbando—. Me voy a quemar las *nalgas*.

—¿Qué es *nalgas*? —preguntó Mitsuo, sumergiéndose en el agua.

—Tu trasero.

—¿Mi trasero?

Lincoln se rió.

—No, el de todo el mundo.

Mitsuo lo miró extrañado.

Lincoln iba a tratar de explicar cuando Mitsuo empezó a hacer señas con la mano. Vio al señor Ono desnudo entre nubes de vapor saludando a un amigo. El señor Ono llamó a Mitsuo, y Mitsuo salió de la tina para tallar la espalda de su padre. Luego ambos se reunieron con Lincoln en la tina; ahora estaba rojo como camarón y la frente perlada con sudor.

—Lincoln-*kun* —le dijo el papá—, ¿cómo estás? Te ves muy acalorado.

—Lo estoy.

—Qué bien —comentó el señor Ono echándose agua en la cara—. La tina está fría, deberían aumentar la temperatura.

Mitsuo se echó a reír y dijo:

—Lincoln dice que le quema las *nalgas*.

—¿Qué es *nalgas*? —preguntó el papá.

—Es tu trasero.

—¿*Mi* trasero? ¿Qué quieres decir, Mitsuo? Enséñame.

Lincoln se rió. El señor Ono era un comediante igual que el tío Slic Ric, quien era miembro de la Comedia Chicana *Culture Clash*. Ese *vato* sólo decía bromas, y el señor Ono también, incluso después de un día arduo en el ferrocarril. Lincoln siempre había pensado que los japoneses eran reservados y serios. Ahora comenzaba a cambiar de parecer.

Mitsuo y Lincoln se salieron de la tina. Sus cuerpos estaban enrojecidos por el agua caliente.

—Es difícil de explicar —dijo Mitsuo.

El papá de Mitsuo les dijo adiós con la mano y se volvió a platicar con un hombre en el otro extremo de la tina.

Lincoln y Mitsuo se vistieron y salieron refrescados del *sentō*. Compraron *coca-colas* y miraron revistas en un puesto de periódicos. Lincoln no entendía *kanji*, pero se conformó con hojear una historieta de guerreros samurai a caballo. Al final, algunos guerreros morían y sus cabezas, clavadas en lanzas, eran exhibidas en la ciudad vencida. Lincoln tragó saliva y pensó: "Eso debe doler".

—¿Sabes lo que es *pachinko*? —le preguntó Mitsuo regresando la revista al estante.

—No —respondió Lincoln.

—Te voy a enseñar.

Mitsuo jaló a Lincoln del brazo. Atravesaron rápidamente la calle que estaba congestionada por un choque. Dos hombres junto a sus autos, se gritaban e inculpaban.

Caminaron tres cuadras cortas y se detuvieron en el aparador de una tienda a ver lo que para Lincoln eran unos juegos de video. En realidad eran máquinas de *pachinko*, una especie de billar mecánico. El lugar le recordó a Lincoln el bar de su tío Trino, *La Noche de Guadalajara*. Su tío solía meter en la bolsa de la camisa de Lincoln un puñado de monedas de veinticinco centavos y lo dejaba jugar, a pesar de que era menor de edad y que todos ahí bebían cerveza. Lincoln sugirió que entraran a jugar.

—No podemos. Es para adultos. Tienes que tener por lo menos dieciséis años —dijo Mitsuo.

Lincoln se asomó con curiosidad. Había hileras de jugadores, en su mayoría hombres, inclinados sobre las máquinas. Las pelotas cromadas caían estrepitosamente de un nivel al otro.

—¡Caray! —dijo Lincoln quejumbroso—. Me gustaría jugar aunque fuera una vez.

Mitsuo se quedó pensativo y dijo:

—Vamos a intentarlo.

—¿De veras? ¿No crees que haya problema? —Cuando Mitsuo le dijo que no con la cabeza, Lincoln agregó—: ¡Sale!, pero tú vas primero.

Subieron los escalones con la cabeza gacha tratando de verse muy rudos. El ambiente estaba cargado de humo y una música estridente salía de unas bocinas en el techo. Encontraron una máquina desocupada y empezaron a jugar. A los pocos minutos los agarraron por el cuello y los echaron a la calle.

—Ni lo vuelvan a intentar —les advirtió un hombre pequeño pero robusto como un tanque. Se veía peligroso.

Los chicos se asustaron. Lincoln se sobó el codo raspado.

—Ese hombre no es *suave* —murmuró Mitsuo. Con las manos como bocina le gritó desde la entrada—: ¡Usted no es *suave*!

—Qué lo disfrute, gordo fofo —gruñó Lincoln—. Apenas me empezaba a gustar el juego.

El hombre se lanzó tras ellos, pero Lincoln y Mitsuo fueron más rápidos.

Después del salón de *pachinko* deambularon por la ciudad viendo aparadores y siguiendo a dos niñas que los espiaban y se reían de ellos. Luego las dejaron en paz. Compraron pepitas de calabaza y siguieron paseando mientras se las comían con todo y cáscara.

—Nuestra ciudad es pequeña —dijo Mitsuo—. Muy pronto verás a tus amigos. Tenemos sólo veinte mil habitantes.

Lincoln pensó en Tony. Probablemente estaría, o quejándose del trabajo en el campo, o enseñándole a su familia anfitriona a jugar póker. Tony aprendió a jugar de su hermano mayor, un *mechista* en la universidad, un tipo dispuesto a mejorar el mundo de los chicanos.

Mitsuo apuntó hacia un edificio de madera con postigos en las ventanas.

—Yo tomé judo allí, pero lo dejé.

Un móvil tintineó con la brisa.

—¿Tomaste judo? —le preguntó Lincoln emocionado—. Malo.

—No, el judo es bueno.

—No, es malo. En California si algo te gusta mucho entonces es malo.

Mitsuo miró a Lincoln de nuevo extrañado.

—En Japón todo el mundo toma judo o *kempō*. A mí no me gustó el judo, para mí no era "malo". En cambio, el beisbol es "malo". —Luego señaló a un hombre rechoncho que venía por la calle—. Él es Takahashi-*sensei*. Él es buena gente, pero su asistente es un malvado, me trató muy mal porque perdí un partido en un torneo.

—¿Fuiste a torneos? Suena divertido.

—Fui a algunos, pero no era muy bueno.

—¿Cómo que no?

—No, de veras.

Lincoln prefirió cambiar de tema. Porque sabía lo sensible que él se ponía cuando le hablaban de cosas en las que le iba mal. Se acordó de los partidos de basquetbol; con excepción de este deporte, en todas las materias tenía que trabajar duro, incluso en ortografía.

Vieron al *sensei* abrir el *dojo* con una llave del tamaño de un abrelatas. Entró, con los zapatos en la mano. La puerta se cerró tras él y se encendió la luz.

—Te voy a enseñar el *dojo* de *kempō* —le dijo Mitsuo.

—¡Sale! —exclamó Lincoln.

Se apresuraron por un pasaje y recorrieron tres cuadras con la boca llena de pepitas. Cuando Mitsuo se detuvo, Lincoln casi chocó contra él.

—Allí es —señaló Mitsuo.

—¿Dónde? —preguntó Lincoln confundido. Estaba frente a una entrada de cemento bordeada por maleza.

—Ahí.

—¿Dónde?

—¡Ahí, Lincoln-*kun*!

—¿Te refieres a esta entrada?

—Sí, practican ahí y en el jardín. Creo que en invierno practican en la universidad.

La imagen que Lincoln tenía de un *dojo* impecablemente barrido se evaporó como lluvia en una acera caliente. Estaba decepcionado, pues había venido a Japón con la esperanza de practicar sobre tapetes de *tatami* y en un *dojo* como templo.

—Practican sobre concreto —susurró. ❖

Capítulo 6

❖ CUANDO MITSUO y Lincoln regresaron a casa, el papá y la mamá de Mitsuo estaban sentados con una señora en la *engawa*; una mujer muy erguida de expresión serena. Los tres bebían té helado y la señora Ono se refrescaba con un abanico que mostraba la imagen de un equipo de beisbol.

Mitsuo hizo una pequeña reverencia y saludó a la mujer en japonés. Lincoln hizo lo mismo.

—Lincoln-*kun*, ella es la señora Oyama —le dijo el papá. Alzó su vaso, bebió y volvió a ponerlo en el suelo junto a sus pies—. Se ve que tú y Mitsuo trabajaron duro, el campo está muy limpio.

Después de una pausa, la señora Oyama preguntó:

—¿Así que practicas *shorinji kempō*, Lincoln? —Su rostro miraba hacia otro lado, como si se dirigiera al señor Ono.

—Sí —respondió Lincoln, irguiendo su espalda.

—Debes ser muy bueno. Eres joven y fuerte —le dijo la señora Oyama; en la comisura de su boca se esbozó el principio de una sonrisa. Todavía miraba en dirección al señor Ono.

—Bueno, eso creo —respondió Lincoln halagado, apretando un puño para que una cuerda de músculo resaltara en su antebrazo. Trató de sonreír—. Soy grado *sankyu*.

—*Sankyu*. Está muy bien para tu edad —comentó la señora Oyama, arqueando una ceja. Miró al señor Ono y dijo—: Qué muchacho tan fuerte.

—Ah, sí, hoy trabajó muy duro en la hortaliza —agregó la señora Ono, abanicando el aire fresco en dirección a Lincoln.

Se sentó muy erguido, inflando un poco el pecho.

—Eh, en realidad soy bastante bueno, es lo que me dice Nakano-*sensei*. Seré cinta negra cuando tenga quince años.

—Estoy impresionada —dijo con entusiasmo la señora Oyama entrelazando las manos—. Me da mucho gusto saber que en América tenemos jóvenes dedicados.

Empezó a sonar el teléfono en la sala y Mitsuo se paró de un salto; Lincoln iba a seguirlo pero los adultos le dijeron que se quedara

—Mitsuo contestará —dijo el señor Ono. Encendió un cigarrillo y un círculo de humo permaneció flotando en el aire.

—Lincoln-*kun*, ¿a qué se dedica tu mamá?

—Es algo parecido a una artista. Tiene su propia compañía. —Lincoln se mordió el labio inferior y trató de pensar en cuál era exactamente el trabajo de su mamá—. Es una artista publicitaria. Hace trabajos para empresas de cómputo.

El señor Ono movió la cabeza y suspiró:

—Ah, sí.

—¿Y tu papá? —preguntó la señora Ono.

Lincoln esperaba esta pregunta; desde que abordó el avión a Japón supo que se la harían.

—Es policía —respondió, sin añadir que no lo veía desde hacía seis años. Sus papás estaban divorciados desde que Lincoln tenía siete años; una herida que no había cicatrizado.

Los adultos se miraron unos a otros, moviendo la cabeza. Bebieron su té y se abanicaron con periódicos transformados en abanicos.

La señora Oyama se puso de pie:

—Los veo mañana, si no es que antes —les dijo a Lincoln y a Mitsuo, quien ya había vuelto de la sala. Les hizo una reverencia a los señores Ono, agradeció el té, y se fue por el camino de piedra hacia la calle.

Mientras cenaban pescado, la familia Ono ayudó a Lincoln a practicar algunas frases en japonés. Él deseaba aprender para que cuando regresara a casa pudiera hablar en japonés con su instructor de *kempō*. La señora Ono le enseñó algunas frases: "¿cómo has estado?", "qué bonito día.", "vamos a comer". Le brillaron los ojos cuando Lincoln dijo: *Ima Atami ni sun' de imasu* ("Ahora estoy viviendo en Atami").

—Eres un muchacho fuerte e inteligente —le dijo.

En la *engawa,* después de cenar, el señor Ono le dio instrucciones a Mitsuo:

—Lleva a Lincoln al *dojo.* —El señor Ono saboreaba una copa de sake y un cigarrillo—. ¿No estás muy cansado, Lincoln-*kun*? ¿O sí? Son casi las ocho.

—No, para nada —respondió Lincoln al salir de la habitación por su *gi.*

Se sentía bien y estaba listo para practicar, aunque fuera en el cemento.

El señor Ono le habló a Mitsuo en japonés, y Mitsuo estuvo a punto de soltar la carcajada.

—¿De qué bromea *Chichi*? —preguntó Lincoln, también riéndose.

—Está contento de que estés aquí —le dijo Mitsuo mientras se ponía sus *geta*—. Te llevo al *kempō*.

Caminaron cuatro cuadras en silencio y cuando llegaron al camino de cemento Mitsuo se dio la vuelta, esbozó una sonrisa y le dijo a Lincoln:

—Te veo en una hora. Que te diviertas.

Confundido por la sonrisa de Mitsuo, Lincoln lo miró alejarse a toda prisa golpeteando el suelo con sus *geta*. Lincoln encogió los hombros y caminó a la entrada con un puño de yenes, su mesada. Se detuvo a *gasshō* (saludar) a tres cintas negras que hacían estiramientos en el jardín con su *gi* mojado de sudor; se pusieron de pie, saludaron a Lincoln y apuntaron hacia un lado del edificio. Lincoln entró y vio a dos personas cambiándose, un padre y su hijo. Él también se cambió ahí, dobló su ropa y colocó sus *geta* contra la pared. Se quitó su reloj que brillaba en la oscuridad: 8:10.

Todos hablaban en japonés y nadie le prestó atención cuando se reunió con ellos en el jardín. Miró hacia el cielo, un avión pasaba volando; en ese momento deseó ir en él.

Una luz iluminaba el jardín, reflejando un pequeño estanque en forma de frijol, dispuesto entre carrizos y bambúes. Lincoln se acercó y miró al estanque. Vio el reflejo de su cara en el agua oscura ondulante de insectos patilargos.

Alcanzó a los demás en el jardín y comenzó a estirarse y a practicar golpes y patadas. Su tórax crecía y se hundía, su respiración se aceleró. En el aire cálido de julio el sudor empezaba a resbalar por su cuerpo.

El *sensei* salió de la casa con las manos levantadas en un *gasshō*. Sonrió y saludó a todos mientras formaban dos filas.

Lincoln se quedó boquiabierto. Era la señora Oyama, a quien acababa de conocer antes de la cena: ¡Oyama-*sensei*! Encontró un lugar al final de la fila con cara de preocupación. Hacía menos de una hora había presumido que era grado *sankyu*, que era tan fuerte como el que más.

Después de un saludo formal al espíritu del *kempō* y de un poco de meditación y calentamiento, por fin el grupo inició los ejercicios básicos. Al finalizarlos, Oyama-*sensei* señaló a Lincoln y todos voltearon a verlo.

Lincoln forzó una sonrisa dientona. Odió la vida en ese instante. Deseaba ir en aquel avión rumbo a San Francisco. Se juró a sí mismo que era la última vez que presumía de algo.

—Lincoln, por favor —lo llamó Oyama-*sensei*, con la mano extendida le indicaba que pasara al frente—. Por favor dinos algo sobre ti.

"Soy un presumido, lengua larga", pensó Lincoln. "Eso es lo que puedo decirles de mí."

Sudando a mares, más por vergüenza que por el esfuerzo, caminó al frente, hizo un *gasshō* y les dijo a sus ocho compañeros que era de San Francisco y que estaba pasando el verano con la familia Ono. Le sonrieron y se sintió un poco mejor.

Practicaron *juhō*, técnicas de gancho y patada, y *embu*, ataques planeados. Hizo lo mejor que pudo. No quería que los adultos cinta negra pensaran que se hacía el mártir sólo por no ser japonés y por ser un cinta marrón de catorce años. Sus golpes y sus patadas sacudían su *gi*. Ejecutaba con rapidez sus llaves, aunque no con la habilidad de los adultos.

Lincoln nunca había entrenado sobre césped. En San Francisco practicaba sobre linóleo. El pasto le hacía cosquillas en las plantas de los pies, y eso le gustó. También que le sirviera de colchón en las caídas; se cayó muchas veces al practicar con los cintas avanzadas. Lo lanzaban y lo retorcían con llaves dolorosas y le embarraban la cara contra el pasto. Cuando lo soltaban se levantaba de inmediato y ocultaba que sentía el brazo como si se lo hubieran arrancado.

La clase terminó a las 9:30 y Oyama-*sensei* lo llamó aparte.

—Lincoln-*kun*, eres bueno. Fuerte.

—No soy tan fuerte —respondió, esta vez sin hacer alarde de nada. Todavía estaba agitado por el entrenamiento y su respiración era entrecortada. Tenía pasto pegado en el *gi* y en el pelo.

—Eres muy bueno. En seis semanas, si practicas duro, pensaremos en una promoción.

Un lado de su rostro estaba oculto en la oscuridad; el otro lado brillaba con la luz del pórtico. Sus ojos no dejaban escapar nada.

Lincoln empezó a alejarse, y ella lo volvió a llamar:

—Lincoln-*kun*, debes rasurar el pelo.

—¿Mi pelo? —preguntó, tocándose el cabello alrededor de las orejas.

—Sí, debe desaparecer.

Lincoln se quitó su *gi* y se puso su ropa de calle. Mitsuo ya lo estaba esperando.

—¿Por qué no me lo dijiste? —le preguntó Lincoln—. Ella es el *sensei* y no me dijiste. Me quedé helado.

—Lo siento, Lincoln, pero papá quería hacerte una broma. Le caes bien. —Después de unos instantes, Mitsuo preguntó—: ¿Cómo es que te quedaste "helado"?

—"Helado", como si me hubieran echado un balde de agua fría —le dijo a Mitsuo mientras caminaban por la calle, sus *geta* resonaban al unísono—. Sí, tu papá es un tipo listo.

—Sí, algunas veces es muy listo —dijo Mitsuo.

Lincoln se detuvo para explicarle lo de "tipo listo", pero estaba muy cansado ya. Había sido un día largo.

Las tiendas habían cerrado y algunos autos pasaban silenciosos como gatos. Sólo una luz de neón parpadeaba en la ventana de un bar; hacia ahí se dirigieron y se asomaron. Unos hombres jugaban *go,* un juego de mesa antiguo parecido al de damas, y otros conversaban en rincones oscuros.

—Idéntico a California —dijo Lincoln.

—¿De veras?

—Sí. La gente sale del trabajo y la atracan… Al menos a algunos.

—Mi papá antes venía aquí, pero ya no. Prefiere estar en casa.

Lincoln quería platicarle a Mitsuo de su papá, pero no sabía cómo. En Estados Unidos no era extraño provenir de un hogar disfuncional, pero todas las familias japonesas parecían intactas: el papá, la mamá y los hijos en la calle juntos. En el *sentō* los padres tallaban la espalda a sus hijos, y los hijos la de sus padres con muchas ganas. Lincoln no tenía la culpa de que el matrimonio de sus papás no hubiera funcionado. Sin embargo, a veces se sentía solo y avergonzado.

Llegaron a casa, Lincoln se dio un baño rápido y luego se reunió con Mitsuo en la *engawa*; de nuevo estaba encintando su guante de beisbol después de haberle sacado parte del relleno.

—Éste es mi guante favorito —le confesó orgulloso—. Me lo dio mi abuelo.

—Ah, qué bien.

La noche estaba tranquila. Un gato cruzó con pasos largos una barda de bambú, moviendo la cola bajo la luz de la luna. Los vecinos veían televisión y el viento mecía las plantas. Lincoln estaba cansado pero feliz, comenzaba a sentirse en casa. ❖

Capítulo 7

❖ AL DÍA SIGUIENTE, Lincoln y Mitsuo volvieron a trabajar en el campo, esta vez acarreando cubetas de agua para regar los surcos. Trabajaron duro, sin camisa. Las moscas les mordían la espalda y ambos se quejaban y maldecían su suerte, pero en el fondo se sentían bien.

A la hora de la comida se sentaron en la *engawa* a comer *nigirimeshi* (bolas de arroz) y bebieron una jarra de té helado.

—Sabrosas —dijo Lincoln masticando las bolas de arroz.

—¿No preferirías una hamburguesa? —le preguntó Mitsuo.

Lincoln movió la cabeza.

—¿Sabes qué se me antoja? Un burrito.

—¿Un burrito?

Lincoln carraspeó.

—Una *tortilla* con *frijoles*.

Mitsuo alargó el cuello y le preguntó curioso:

—¿Qué es "tortilla"? ¿Y qué es la otra palabra, " frijoles"?

Lincoln se chupó los labios y le dio un trago largo a su té. El líquido se le escurrió por el pecho y le inundó el ombligo; se rió limpiándose la panza.

—Mira, Mitsuo, las cosas son así. Yo soy de California pero soy mexicano-americano, y ésa es comida mexicana-americana.

—Mexicano y americano —repitió Mitsuo despacio, pensando en las palabras—. ¿Eres de dos países?

—Algo así. Si tú vivieras en Estados Unidos, serías japonés-americano.

—Ah, ya entendí. Entonces eres de México.

—No, de California.

—¿Entonces tu mamá es de México?

—No. Ella también es de California.

—¿Entonces tu papá?

—No, él tampoco. Mis abuelos.

Mitsuo miró a Lincoln y comentó:

—La historia familiar es muy complicada. Mi papá dice que descendemos de samurai.

—¿De veras? —preguntó Lincoln con gran interés.

—Eso dice, pero yo lo dudo. Mi familia ha sido de agricultores desde hace siglos. No creo que tengamos sangre samurai. Mi papá siempre inventa cosas.

—Eso me suena conocido. Mi mamá dice que somos descendientes de los guerreros aztecas. Pero mira mis piernas: ¡flacas! Se abrazó los muslos con las dos manos.

Después de comer, Mitsuo y Lincoln salieron con cañas de pescar y aparejos. En las afueras de la ciudad se treparon en la caja de un camión de víveres; después de cinco kilómetros polvosos saltaron cuando el camión disminuyó la velocidad en un cruce de ferrocarril. Hasta entonces el chofer se dio cuenta de que los había llevado, les gritó y les hizo señas con el puño.

Se alejaron corriendo, las cañas rebotaban en sus hombros. Caminaron dos kilómetros bajo los rayos del sol y se metieron entre los arbustos, donde corría un riachuelo entre las rocas. Se dejaron caer en la orilla con lunas de sudor bajo los brazos.

—Hace calor, hombre —se quejó Lincoln—. ¿Siempre es así?

—En el verano —dijo Mitsuo y abrió la caja de avíos.

Se remojaron la cara. Se quitaron sus *geta* y pusieron a enfriar su comida en el agua. Sintieron tranquilidad. El viento empezaba a soplar, moviendo una rama en la que picoteaban dos ruiseñores.

—¿Es muy grande el río Mississippi? —preguntó Mitsuo, poniendo una lombriz en su anzuelo.

—Muy grande. Pero nunca lo he visto.

Lincoln recordó los concursos de ortografía de la escuela en donde la palabra "Mississippi" hizo perder al equipo de hombres. Las chicas se reían de ellos porque, o le ponían demasiadas pes, o le quitaban eses. Lincoln llegó a la conclusión de que esa palabra debía ser retirada del idioma inglés.

—Algún día me gustaría ir a Estados Unidos.

—Sí, vagaríamos por todas partes. Te quedarías con nosotros.

—"Vagaríamos." —Mientras sonreía, Mitsuo murmuró—: Qué bonita palabra. Me gusta —dijo, contemplando una onda en el agua.

—Te gustaría. Mi mamá nos puede llevar al parque de diversiones. La montaña rusa es única.

Lincoln se quedó mirando el agua, de pronto se acordó de Oyama-*sensei*. "Debe tener sentido del humor", pensó, riéndose para sus adentros. "Si no, ¿por qué visitó a la familia Ono y no dijo que ella era la autoridad más importante en el *kempō*?" La cuerda de caña se tensó, y él se levantó de inmediato; la enrolló y no había más que hierbas en el anzuelo.

Estuvieron pescando hasta que dos ancianos llegaron y les dijeron que se fueran, que ése era *su* sitio de pesca. Los hombres se sentaron, entre suspiros fatigados. Sacaron su comida y pusieron a refrescar unas cervezas en el río. Lincoln quería discutir con ellos, pero Mitsuo lo tomó del brazo suplicándole:

—Por favor, no. De todos modos ni pescamos nada.

Uno de los ancianos arrojó el anzuelo y al instante sacó un pescado resplandeciente. El viejo sonrió, mostrándole a Lincoln sus dientes negros como diciendo "nosotros somos los pescadores".

Los chicos regresaron a la carretera principal, donde los recogió un camión lleno de pollos en camino a los restaurantes de Atami.

—Qué triste —dijo Lincoln—. Los van a degollar.

Los pollos parecían parpadearles y ocasionalmente abrían las alas. Sólo cuando el camión cayó en un bache y frenó bruscamente, comenzaron a cloquear y a aletear asustados en sus jaulas.

Entraron a la ciudad, Lincoln y Mitsuo saltaron del camión, despidiéndose del chofer. Lincoln no pudo evitar hacerles señas también a los pollos y uno de ellos levantó una ala como diciendo *"adiós, amigo"*.

Iban por la calle esquivando charcos en donde los comerciantes habían lavado el frente de sus tiendas cuando Lincoln oyó:

—Ey, Linc, soy yo, tu *carnal.*

Lincoln se detuvo en seco y se dio la vuelta lentamente. Era Tony en una *yukata* azul y blanca (una bata larga), y sus *geta.* Tenía el cabello afeitado, así que se veía como monje.

—¡Tony! —gritó Lincoln. Ambos corrieron a encontrarse y se dieron la mano al estilo *raza.* Lincoln pasó su mano sobre la cabeza de Tony y señaló la bata.

—¡Mira nada más!, pareces un Yojimbo flaco. ¿Cómo te cortaron el pelo? Tengo que cortármelo para el *kempō.*

—¡*Pues sí! Haha* me lo cortó. Mira *mis sandalias.* —Tony movió los dedos gordos de los pies y bailoteó para que sus sandalias de madera sonaran contra la banqueta.

Lincoln presentó a Tony con Mitsuo, quien le hizo una reverencia. Tony hizo una reverencia y luego le dio la mano al estilo *raza.* Mitsuo se rió y le pidió:

—Por favor, vuelve a saludarme. —Se dieron la mano lentamente, una y otra vez, hasta que Mitsuo retiró la suya murmurando—: Interesante.

—¿De dónde vienen, amigos? —preguntó Tony—. Se parecen a Tom Sawyer y a Huck Finn.

—Fuimos a pescar.

—¿A pescar? ¿Dónde está el río? No lo veo. —Bromeando como siempre, Tony se puso la mano como visera, miró hacia el cielo y luego hacia uno y otro lado de la calle—. ¿Hay un río en la ciudad?

Atravesaron la calle y caminaron bajo las sombras que acariciaban las fachadas. No estaba más fresco, al contrario, hacía más calor entre la multitud. Cuando pasaron por el *sentō*, Lincoln le preguntó a Tony:

—¿Has estado aquí?

—¡Uf!, *mano*, tres veces al día —respondió Tony—. *Hace mucho calor* en este *barrio*. Yo pensaba que Japón estaba cerca del Polo Norte. ¿Cómo es que hace tanto calor?

—Ya ves —respondió Mitsuo encogiendo los hombros.

Los tres se detuvieron a comprar unas *coca-colas* que bebieron mientras hojeaban historietas. Lincoln y Tony disfrutaron los dibujos futuristas.

Mitsuo invitó a Tony a cenar, pero éste le dijo que no podía.

—Muchas gracias, mi gente me está esperando. —Miró a Lincoln y le dijo—: Checa esto. —Se acomodó la bata y enderezó la espalda—. Soy un artista.

—¿Qué quieres decir?

—Quiero decir que soy un artista, un Picasso. Mi familia hace estatuas de estos tipos sagrados y yo les ayudo.

—¿Tipos?

—Sí, hombre, santos o algo así.

Mitsuo intervino:

—Budas.

—Sí, tú sí sabes, y de algunos otros *vatos*.

—Cuidado, Tony, no es suave llamarles *vatos* si son santos.

Tony se quedó pensativo un momento.

—Supongo que tienes razón. Bueno, me tengo que ir, nos vemos.

Lincoln lo jaló a un lado y le dijo al oído:

—¿Sabes qué estaría bien? Podríamos cocinarle a nuestras *familias* comida mexicana.

Tony tronó los dedos.

—Buena idea, traté de explicarles lo que son *frijoles* y *enchiladas,* pero no me entendieron.

—Pero no tenemos ni frijoles ni harina para tortillas.

—Eso crees tú —sonrió Tony.

—¿Tú trajiste? —le preguntó Lincoln, arqueando las cejas.

—Oh… Una bolsa de dos kilos. ¿Pensaste que estaría seis semanas en Japón sin *frijoles*?

Lincoln le dio un golpe en el brazo.

—Ése es mi amigo Tony.

—¿Qué te parece si nos vemos mañana en el *sentō*? ¿A las cuatro?

—Muy bien.

—Nos vemos luego.

Lincoln volteó a ver a Mitsuo, quien los había visto conspirar.

Enfilaron a casa con las cañas de pescar al hombro. No fue sino hasta que llegaron a la puerta de la granja que Mitsuo le preguntó a Lincoln:

—¿Estás enojado con Tony?

Lincoln arrugó el ceño.

—¿Enojado?

—Sí. Le diste un golpe en el brazo.

—No, hombre —dijo Lincoln cerrando la reja—. Así se hace. —Lincoln medió un instante y prosiguió—: Es algo parecido a una reverencia. Significa que quieres a esa persona.

Lincoln le dio un golpecito a Mitsuo en el brazo.

Mitsuo reflexionó sobre el golpe y dijo:

—Me gusta. ❖

Capítulo 8

❖ DESPUÉS DE LA cena la familia se sentó en la *engawa* a respirar el aire nocturno y a comer helado. La señora Ono se abanicaba con una revista, tenía mechones de pelo fuera de lugar y la piel sonrojada. El señor Ono, con los anteojos puestos, leía el periódico, su plato vacío a sus pies.

—Hubo un incendio en San Francisco, Lincoln-*kun* —informó.

Lincoln se acercó, rascando el fondo de su plato.

—¿Dónde?

El señor Ono señaló la noticia con el dedo:

—Aquí dice que fue en un repositorio de petróleo, en Hunters Point.

"¿En un repositorio?", pensó Lincoln. "¿Eso qué es?"

—¿Conoces Hunters Point? —le preguntó el señor Ono, quitándose los anteojos y limpiándose el sudor de la frente.

—Nunca he estado ahí, pero sé que es cerca del parque Candlestick.

El señor Ono carraspeó.

—San Francisco debe ser muy, muy grande —dijo. Después volvió a su lectura.

Lincoln se dirigió a la señora Ono:

—¿Me podría cortar el pelo, por favor? Para el *kempō*.

Ella miró su pelo largo, rebelde, y le pidió a Mitsuo en japonés que fuera por las tijeras. Mitsuo se escurrió dentro de la casa y regresó una caja de madera.

—*Dōzo*, ven por favor —le dijo la señora, poniéndose de pie.

Lincoln se sentó en el jardín bajo el resplandor de la luz del pórtico, con un trapo de cocina sobre los hombros.

—Te verás diferente —opinó Mitsuo, saboreando un jugoso durazno; se chupó los dedos y se limpió las manos en el pantalón—. Te vas a ver como yo —le dijo, y se pasó una mano por su cabeza rasurada.

La señora Ono trabajaba aprisa y Lincoln sentía las tijeras frías serpenteando alrededor de sus orejas. Después deslizó sobre su cabeza una tijera como engrapadora. El cabello se amontonó en el trapo y algunos mechones cayeron al piso, donde el gato los bateaba. Sus largos rizos habían desaparecido, en su lugar había unas cerdas que le hacían cosquillas en la mano.

Lincoln se levantó de la silla y se sacudió el pelo de los hombros.

—No he terminado —dijo la señora Ono. Le habló a Mitsuo en japonés y éste volvió a meterse en la casa.

Lincoln se quedó boquiabierto cuando trajo un palito liso como de treinta centímetros de largo.

—¿Qué es eso? —Parecía una especie de instrumento médico y le recordó cada inyección que le habían puesto en el hospital Káiser.

—Un *mimikaki*, un hisopo para las orejas. No te va a doler —le dijo la señora Ono empujándolo hacia la *engawa*. Se sentó y dio unas palmaditas en su regazo—. Pon aquí tu cabeza.

—¡Mi cabeza! —Lincoln se sintió avergonzado, nunca nadie le había limpiado las orejas. Miró a Mitsuo suplicante pero éste engullía otro durazno, aguantándose la risa.

—No duele —le dijo Mitsuo—. Cálmate.

Lincoln frunció el ceño con desconfianza. Cuando tenía cinco años se había metido un cerillo en la oreja y se le atoró. No le dijo nada a su mamá durante tres días hasta que, casi sordo, se la pasaba gritando "¿qué?" cada vez que ella le hablaba. El doctor tuvo bastantes problemas para extraerlo.

—Mira, se siente delicioso. —Mitsuo puso su cabeza en el regazo de su mamá y cerró los ojos mientras ella le exploraba la oreja derecha. Le extrajo uno que otro tapón de cera que limpiaba en una servilleta de papel.

Ya que tenía las dos orejas limpias, Mitsuo se levantó como resorte.

—¿Ves? —Se llevó una mano tras la oreja—. Ahora oigo mejor.

Convencido de que no le quedaba más remedio, Lincoln recargó su cabeza en el regazo de la señora Ono. Respingó mientras el hisopo le recorría lentamente el oído en círculos pero, como decía Mitsuo, la sensación era agradable. Estuvo a punto de quedarse dormido.

La señora Ono se rió y limpió el *mimikaki* en la servilleta.

—Muchos tapones —dijo.

Lincoln también se rió para disimular su vergüenza. Se prometió, a partir de ese día, limpiarse las orejas con más cuidado.

Esa noche, en el *kempō*, se sintió fuerte. Con su *gi* puesto hizo estiramientos en el jardín entre dos cintas negras. Hizo cincuenta lagartijas y cien sentadillas y, al final, se paró de un salto respirando profundamente. Se pasó la mano por la cabeza. La suavidad era su sensación favorita.

En el entrenamiento practicaron caídas. Lincoln fue derribado una y otra vez y siempre caía como gato. En San Francisco había visto a su *sensei* caer con los dos pies, las manos en alto, listo para pelear. Ahora *él* hacía lo mismo, sintiendo que podía contra el mundo entero o, al menos, contra todo su barrio allá en San Francisco.

Oyama-*sensei* observaba desde lejos la técnica de Lincoln. De repente se interpuso entre él y otro cinta marrón; ambos resoplaban.

—Así —explicó. Asiendo a Lincoln de su *gi*, giró su cadera hacia la de él y sacó a Lincoln de balance, lanzándolo al aire. Aterrizó de rodillas a la mitad del jardín con una mano en el estanque y otra en el lodo. Miró hacia arriba limpiándose.

—¡Guau! —exclamó.

—Perdón, Lincoln-*kun* —le dijo Oyama-*sensei*—. ¿Estás bien?

Lincoln se sacudió.

—Estoy bien.

Esa noche cojeó hasta su casa con una punzada de dolor en la espalda.

Al día siguiente, después de que Lincoln y Mitsuo trabajaron unas cuantas horas en el campo, la mamá de Mitsuo les dijo:

—Vayan a tomar algo —y les dio unos yenes.

Los chicos fueron presurosos a la ciudad a comprar un refresco. En un rincón de la fuente de sodas había dos ancianos sentados bajo un ventilador jugando *go*. Lincoln y Mitsuo se tomaron sus refrescos rápidamente, ordenaron dos más y observaron a los ancianos, quienes no repararon en ellos; estaban muy silenciosos y pensativos, con una mano en su mentón barbudo formulando la siguiente estrategia.

Siguieron caminando por la ciudad y de pronto Mitsuo dijo:

—Déjame enseñarte algo muy interesante, Lincoln. —Lo llevó por un callejón angosto lleno de humo. El sonido de acero contra acero se oía en el aire y se podían ver flamas iluminando un cobertizo.

—Mi tío es experto en fabricar espadas —dijo Mitsuo con un dejo de orgullo en la voz.

La curiosidad de Lincoln aumentó al asomarse al cobertizo y ver a un hombre joven girar un pedazo de metal sobre el fuego.

—¿Él es tu tío? —le preguntó Lincoln.

—No, ése es un aprendiz. —Mitsuo se dirigió al joven en japonés; el aprendiz señaló otro cuarto y siguió trabajando.

Durante unos minutos miraron al joven girar la espada en bruto sobre el fuego y luego sumergirla en agua mezclada con ceniza. Se produjo una nube gris que se elevó hacia el techo ennegrecido.

El tío salió del otro cuarto, atándose el pelo con una *hachimaki* (banda). Tenía la piel morena, los brazos llenos de manchas por las quemaduras y la ropa negra de hollín. Sus anteojos estaban salpicados con ceniza.

—Mitsuo-*kun*, ¿qué te trae por aquí? —preguntó en japonés.

Mitsuo hizo una reverencia y le presentó a Lincoln, quien se inclinó diciendo:

—*Ohayō gozaimasu.*

—*Ohayō* —saludó el tío. Se disculpó porque no tenía nada que ofrecerles de tomar. Les dio chicles que ellos aceptaron haciendo reverencias, aunque cada quien tenía un paquete entero en el bolsillo.

—Pasábamos por aquí —dijo Mitsuo—. Lincoln está pasando el verano con nosotros. Él es de California.

—Así que de California —replicó alegremente el tío.

Mitsuo tradujo lo dicho por su tío, quien afirmó que sus mejores clientes eran de California.

Lincoln sonrió sin decir nada. Estaba sorprendido de la maestría del fabricante de espadas. Estaba sorprendido de Japón. A estas alturas ya había conocido a dos grandes maestros, primero en *kempō* y ahora en fabricar espadas.

El tío de Mitsuo hablaba con las manos juntas, y Mitsuo traducía.

—Mi tío quiere saber si en California hay millonarios en cada calle; eso es lo que ha oído.

—En mi calle no —dijo Lincoln.

Pensó en su antiguo barrio en el distrito Mission, donde se veían con frecuencia autos destartalados sobre ladrillos y la basura volaba libremente cuando el viento la levantaba. Si había un millonario ahí, probablemente sería el dueño de la licorería que hacía negocio a las cinco, cuando los trabajadores salían del almacén cerca de la calle Valencia.

Lincoln y Mitsuo permanecieron ahí un rato. Vieron cómo se calentaba la barra de metal en el fuego. El aprendiz la giraba entre las flamas, después la golpeaba encima de un yunque y volvía a calentarla hasta que irradiaba un color naranja neón.

—Esto está muy mal —dijo Lincoln emocionado.

—Sí, muy, muy mal —repitió Mitsuo.

Después de estar en la fundidora de espadas Lincoln y Mitsuo regresaron a casa. Jugaron a atrapar bolas en el jardín. Mitsuo se lamentó por no haber entrado en la liga de beisbol de verano.

—Eso es una lata —opinó Lincoln, atrapando un batazo sencillo y lanzando la bola por abajo del brazo.

—¿Una "lata"? —interrogó Mitsuo—. ¿Qué quieres decir?

Lincoln le explicó y, después de pensarlo un rato, Mitsuo recalcó:

—Muy californiano.

—Nosotros hablamos argot. Hay argot mexicano, argot negro, argot asiático, argot yuppie...

—Nunca voy a aprender inglés. Es demasiado difícil —dijo Mitsuo con un suspiro.

—Sí vas a aprender. Cuando vengas a verme a San Francisco se te soltará la lengua como a todos nosotros.

Cerca de las cuatro, Lincoln le dijo a Mitsuo que tenía que reunirse con Tony.

—Te acompaño —dijo Mitsuo aventando el guante al pórtico y asustando al gato.

—No —respondió Lincoln. Él y Tony iban a planear la fiesta para sus familias anfitrionas y tenía que ser una sorpresa.

Mitsuo puso cara de decepción. Lincoln intentó hacerle entender que se verían para organizar algo especial.

—Es una sorpresa —le dijo—. Ya verás.

—¿Una sorpresa?

—Sí. Una sorpresa.

—No te vayas a perder.

Mitsuo acompañó a Lincoln a la reja, apuntó hacia la calle y le repitió tres veces que doblara a la izquierda y, en la primera señal, a la derecha. A la mitad de la calle Lincoln volteó hacia atrás y vio a Mitsuo en la reja indicándole que siguiera derecho.

"Ese *vato* me cae bien", pensó Lincoln. "Debí haberlo invitado". Se sintió mal de dejarlo en casa. De castigo, golpeó la pared y se lastimó la mano.

Lincoln encontró a Tony ya desvestido. Un anciano le tallaba la espalda murmurando algo en japonés.

—¡Ey, Linc! —exclamó Tony.

—¿Quién es ése? —le preguntó Lincoln.

—No sé, empezó a tallarme la espalda así como así.

Lincoln se desvistió en tanto Tony intercambiaba posiciones y le tallaba la espalda al hombre. El tipo gruñó en japonés. Ni Lincoln ni Tony entendieron sus palabras pero ambos supieron que quería que lo tallaran duro. Lincoln tomó una toalla y también lo talló. Cuando terminaron, el tipo se levantó, hizo una reverencia y se metió en la piscina con un suspiro profundo.

Lincoln y Tony planearon la fiesta sentados en la tina.

—¿Qué te parece el viernes? —sugirió Tony.

—Suena bien. ¿Sabes hacer tortillas?

—No, creí que tú sabías.

—En realidad, no. Pero he visto a mi mamá hacerlas un millón de veces. —Lincoln se abanicó la cara—. Hombre, podrías matar a cualquiera con esta agua.

—¿Sabes una cosa, Linc? Traje los frijoles. ¿Qué tal si te los doy y tú los cocinas?

—¿Trajiste los frijoles?

—Sí. —Tony apuntó a su mochila que estaba en la canasta de mimbre.

—Me parece justo, si tú haces las tortillas. —Lincoln se salió del agua y empezó a secarse—. A ver si puedes conseguir unos aguacates; yo voy a buscar chiles y jitomates para hacer salsa. Aquí nos vemos.

Se vistieron y volvieron a sus casas, deteniéndose a beber unas *cocas* y a hojear historietas en un puesto.

—Te voy a hablar en japonés —dijo Lincoln. Se quedó pensando y continuó—: *Anata no tan 'joobi wa itsu desu ka?*

—¿Qué dices? —preguntó Tony.

—Creo que "¿cuándo es tu cumpleaños?" o "¿cuál es tu color favorito?" Se me olvida cuál. Mitsuo está tratando de enseñarme.

—Hoy es mi cumpleaños —le dijo Tony muerto de risa—, y el color del dinero es mi favorito. *¿Entiendes?*

Lincoln le dio un golpe a su amigo en el brazo y se dirigió a su casa. ❖

Capítulo 9

❖ A LA MAÑANA siguiente, después del desayuno, la señora Ono pidió a Lincoln y a Mitsuo que fueran a trabajar al campo de una vecina. Era demasiado vieja para atender su cosecha de habichuelas; y su esposo, un pariente lejano de la señora Ono, había fallecido la primavera anterior. Mitsuo protestó diciendo que él y Lincoln tenían planeado jugar beisbol esa mañana. La señora Ono lo regañó.

—Es vieja, deben ayudarla.

—¿Por qué nosotros? —suplicó Mitsuo con su guante de beisbol colgado en un brazo.

—Porque es su deber.

—¿Qué no tiene parientes?

—Nosotros somos sus parientes. Ahora, por favor, no discutas. Algún día, cuando seas viejo, lo entenderás.

Así que los dos se echaron el azadón al hombro, y se encaminaron hacia la hortaliza de la vecina. Las hierbas estaban tan altas como antenas de carro, y en los duraznos caídos pululaban los mosquitos.

Lincoln y Mitsuo se miraron uno al otro.

—Esto va a ser un montón de trabajo —dijo Lincoln, arremangándose la camisa. Trató de convencerse de que eso lo fortalecería más para el *kempō;* golpear la hierba bombearía sangre a sus brazos y piernas.

—Estaremos acabados al final del día —dijo Mitsuo desabotonándose la camisa. Se puso una mano como visera y miró directo al sol fulminante.

La señora Nakayama, una mujer marchita con muy pocos dientes y la cara llena de arrugas, salió al pórtico y los saludó. Mitsuo y Lincoln, muy educados, le hicieron una reverencia.

Ella también se inclinó, les agradeció que hubieran ido y los mandó a trabajar. Se sentó a la sombra del pórtico y azotó su bastón levantando una nube de polvo.

Sin decir una palabra, Lincoln y Mitsuo azadonaron con ímpetu; las hierbas caían como troncos conforme avanzaban en el primer surco. Mapas de sudor se extendieron en la espalda de sus camisas. Caían gotas de la punta de la nariz de Lincoln. El sudor se deslizaba en sus orejas. Una perla pendía de la punta de la nariz de Mitsuo. Cayó sobre una hoja, como lluvia, y otra perla se formó.

Mitsuo miró a la mujer con su gato dormido en el regazo.

—Dice mi mamá que ella es parienta nuestra, pero yo lo dudo.

Lincoln se limpió la cara con la manga y se quitó una basurita de las pestañas. Pensó en el vecino de San Francisco al que le había podado el césped por setenta y cinco centavos y una bolsa llena de latas aplastadas. Esta mujer era tan mal educada que ni siquiera le sonrió.

Lincoln se enderezó y se recargó en su azadón para descansar un poco.

—¿Sabes una cosa, Mitsuo? En California hay granjas de cuatrocientas hectáreas o más.

Mitsuo ló miró incrédulo.

—¿De veras?

—Sí. Yo sé que aquí son pequeñas. Cuando manejamos por el Valle de San Joaquín, las granjas se prolongan kilómetros y kilómetros. Sin embargo les pertenecen a unos pocos, a los grandes agricultores.

—Me gustaría ver eso —dijo Mitsuo.

—Lo verás cuando vengas a visitarnos.

El sol se movía despacio sobre sus cabezas. Las moscas zumbaban en sus oídos como aviones de guerra. Algunos mosquitos abandonaron los duraznos podridos y les rondaban por la cara.

—Esto está grueso —dijo Lincoln. Se dio un manotazo en el cuello y tres mosquitos panzones se quedaron aplastados en su mano; tuvo que lavársela en un charco de agua lodosa.

Mitsuo maldijo en japonés y luego se disculpó.

—¿Ves lo que te digo? Nos la pasamos trabajando y nunca jugamos.

—Sí —gruñó Lincoln levantando una cubeta de agua sobre su hombro—. Quizá deberíamos escapar.

—¡Escapar! Mi papá me mataría, y a ti también. Debemos respetar a nuestros mayores. Nos tenemos que quedar.

Lincoln se dirigió tambaleante hacia el surco y regó el agua entre las habichuelas.

—¿Por qué no tiene una manguera? —preguntó.

—Trabaja a la antigua.

—Pero ella no hace el trabajo. ¡Nosotros lo hacemos!

Tres horas después por fin terminaron. Mitsuo le vació encima una cubeta de agua fría a Lincoln, y éste le hizo lo mismo.

La anciana bajó los escalones para inspeccionar el trabajo. Apuntó hacia las hierbas que les habían faltado.

—No hay manera de darle gusto —siseó Lincoln, mientras arrancaba las últimas hierbas.

—Vámonos —dijo Mitsuo.

—Sí, largo de aquí.

—¿Qué significa "largo de aquí"?

—Significa vámonos, ¡adiós!

La vieja los llamó de vuelta agitando una bolsa de papel.

—¡Ay, caramba! ¿Ahora qué quiere la vieja? —preguntó Lincoln—. ¿Tenemos que llevarnos su basura?

Mitsuo aceptó la bolsa con una reverencia. Cuando estuvieron en la calle, felices de estar libres, la abrieron. Contenía duraznos magullados que despidieron un fuerte olor a fruta y un enjambre de mosquitos que salió como humo.

Mitsuo estrelló los duraznos, uno por uno, contra la pared.

—¡Suerte podrida, duraznos podridos! —dijo Lincoln—. Ey, muy bien, estoy haciendo rap.

De regreso en casa se unieron al gato y se quedaron dormidos en el pórtico. Despertaron cuando el señor Ono le tocó las costillas a Mitsuo con el pie.

—Vénganse a comer —les dijo.

Se arrastraron al baño y se tallaron la cara y los brazos antes de sentarse a la mesa con los papás de Mitsuo. Había una carta en el puesto de Lincoln.

—¡Una carta de mi mamá! —exclamó sonriente.

El señor Ono, con la mejilla inflada de arroz, dijo:

—Vamos a oírla Lincoln-*kun*.

—Sí, por favor —dijo la señora Ono mientras le servía té a su esposo.

Lincoln abrió la carta. En ocasiones sentía nostalgia por su casa, especialmente por las noches, al acostarse pensaba en su mamá. La extrañaba; también su recámara y las calles familiares de San Francisco. Además, estaba ansioso por tener noticias de Flaco, su perro. Antes de que él partiera a Japón, Flaco se había peleado con un gato callejero que le clavó las garras en la nariz. Lincoln comenzó a leer en silencio:

Querido Mi'jo,

Te extraño mucho. Espero que tú y Tony se estén portando bien y no estén haciendo tonterías. No quiero que tu familia anfitriona piense que eres un chango vulgar. *¿Entendido? Te extraño mucho, pero ¿por qué no me dijiste dónde dejaste la llave de la puerta trasera? Aquí no ha sucedido nada nuevo, excepto que el estúpido* Maxima *está en el taller y costará casi mil dólares arreglarlo. Después de todo, es un pedazo de chatarra. Tu perro loco trajo un ruiseñor muerto a la casa. Casi lo mato. Ya está mejor de la nariz...*

Lincoln tragó un bocado de arroz y se preguntó de qué manera podía compartir esa carta. No quería que la familia Ono pensara que su mamá era malvada ni nada por el estilo, así que leyó en voz alta su propia versión:

Mi querido Lincoln,

Te extraño mucho. Me siento sola y me hace falta tu extraordinaria ayuda. Parece ser que eché a perder el Maxima *por frenar muy duro. Ahora tiene los frenos pegados. Tú los podrías arreglar si estuvieras aquí, tienes una mente analítica. Eres uno de.los chicos más listos de todo San Francisco y quizá de todo el Oeste. Eres mi único hijo y mi querido Tony también es como un hijo para mí. Sé que ustedes dos han llevado el orgullo mexicano a Japón...*

Lincoln inventó unas cuantas frases más y dobló la carta, guardándosela en el bolsillo de la camisa cerca del corazón.

—Linda mamá —comentó la señora Ono conmovida, con los ojos brillándole de ternura—. Nos gustaría conocerla algún día.

—La van a conocer —dijo Lincoln—. Cuando vengan a San Francisco.

El señor Ono puso sus palillos en la mesa y comentó en tono pensativo.

—Es una mamá que se preocupa.

Con las manos sobre su regazo comenzó a contar una historia sobre su abuela, que solía escribirle cartas cada semana a su hijo, el papá del señor Ono.

El señor Ono explicó que acababa de estallar la guerra. Sus abuelos con sus familias vivían en Hiroshima. Durante más de cuatro generaciones fueron carpinteros, pero la guerra puso fin a eso. Mandaron a los hombres a pelear y a las mujeres, inclusive a las madres, las obligaron a trabajar en las fábricas. Al ver que una ciudad grande en tiempos de guerra no era el mejor sitio para los niños, los abuelos decidieron mandar a sus hijos al campo, incluido el padre del señor Ono, donde esperarían a que pasara la guerra en la granja de un tío.

—¿Fue en la segunda Guerra Mundial? —preguntó Lincoln.

—Sí, hace mucho tiempo. Fue una época terrible para nuestro país. Para el mundo. Yo todavía no nacía, nací después de la guerra, pero sé que mis papás y mis abuelos tenían muy poco que comer, casi nada. Nunca como todo esto.

El señor Ono golpeó su tazón de arroz con los palillos. Lincoln y Mitsuo dejaron de comer para escucharlo.

—Mi papá me dijo que recibía una carta de su mamá cada semana. Ella todavía vivía en la ciudad, trabajaba en una fábrica de llantas. Era muy triste para él.

El señor Ono dijo que las cartas eran como poesía.

—Le escribía a mi papá pequeñas canciones que él y sus hermanos cantaban. Palmeaban y cantaban. A veces le mandaba chicles adentro de una carta. Eso le gustaba. Se los repartían entre todos los hermanos; por lo menos el sabor dulce les duraba un buen rato. —Bebió su té y continuó—: Mi tío abuelo, el tío Kaz, era un buen hombre. Cultivaba manzanas y mi papá lo ayudaba lo más que podía. Pobre papá, extrañaba a su mamá. Tenía once años en aquel entonces.

—Debe haber estado feliz de verla al final de la guerra —dijo Lincoln, tomando un sorbo de té ya frío.

Al señor Ono se le ensombreció el rostro, Mitsuo y la señora Ono se quedaron callados, y Lincoln bajó su taza.

—No la volvió a ver. Las cartas se interrumpieron. Todo se detuvo —dijo el señor Ono—. Ella trabajó tres años en la fábrica de llantas, y luego…

La mamá y el hijo bajaron la vista a su comida. Conocían la historia.

La casa estaba tan silenciosa que Lincoln podía oír la llave de la cocina gotear como lágrimas. El suelo de madera crujía y el perro del vecino ladraba. Se vio las manos, estaban ásperas por el trabajo y el *kempō*.

El señor Ono dijo suavemente:

—Lincoln-*kun*, tú no tienes la culpa, pero tu país puso la bomba atómica en Hiroshima.

Lincoln se sintió muy mal. En su mente surgió un relámpago de luz plateada que cubría el cielo y una nube expandida como hongo. Se le vino la imagen de familias llorando y lenguas de fuego de los edificios carbonizados.

Antes de que Lincoln pudiera decir nada, el señor Ono le sonrió y dijo:

—Por eso estás tú aquí. Eres un estudiante americano que comparte con nosotros. —Tomó sus palillos y los chocó contra su plato—. A comer. No hay que desperdiciar la comida.

La familia tomó sus tazones, los llenó con arroz nuevo, caliente, y comieron. Después de la cena Lincoln se ofreció a lavar los platos, talló las cacerolas con vigor, enojado consigo mismo por haber pensado alguna vez que las películas de guerra eran divertidas.

Cuando terminó de lavar los platos se fue al *kempō* con su *gi* al hombro. Le perturbaba que el señor Ono hubiese crecido sin haber conocido a su abuela y que ella hubiese muerto de una manera tan horrible. Sintió la necesidad de entrenar duro, de sentir verdadero dolor. Esa noche lo lanzaron al aire más de una docena de veces; algunas veces cayó de pie, como gato. Pero otras, la mayoría, cayó sobre su espalda. En todas le sacaron el aire y sintió que los huesos le tronaron en dos ocasiones. Quería que le doliera aún más, pero lo acolchonado del césped lo protegió de cualquier lesión seria.

Antes de salir Oyama-*sensei* lo llamó aparte.

—Lincoln-*kun* —dijo suavemente—. Por favor ven a verme mañana. A las doce.

—Está bien —respondió Lincoln. Se preguntó por qué pero contuvo su lengua. Hizo un saludo y corrió a casa bajo el cielo salpicado de estrellas. Pensó que tal vez Oyama-*sensei* quería enseñarle una nueva técnica con la que pudiera hacer correr al más malo de los malos. ❖

Capítulo 10

❖ —NOVENTA Y SIETE, noventa y ocho, noventa y nueve, cien.

Lincoln jadeó al acabar una serie de cien lagartijas; se desplomó, tan exhausto que se le doblaron los brazos. Todavía estaba cansado del entrenamiento del día anterior. Con la cara pegada al piso del pórtico vio pasar una hormiga cargando un grano de arroz. Recordó haber leído en alguna ocasión que, para su tamaño, las hormigas son tal vez las criaturas más fuertes sobre la faz de la Tierra. Le sopló y la mandó a volar.

—Ahora me toca a mí —dijo Mitsuo, preparándose para su última serie de lagartijas. Empezó a contar—: *ichi, ni, san, shi...*

La señora Ono llamó desde la casa:

—Lincoln-*kun*, es tu mamá. Te habla por teléfono.

Se paró como resorte. Apuntó con un dedo juguetón a Mitsuo.

—No vayas a hacer trampa, no te pases.

—Lo prometo —gruñó Mitsuo, aguantándose la risa.

Tomó la llamada en la sala.

—Hola, mamá, ¿cómo está todo?

—Hola, *mi'jo* —dijo una voz del otro lado del cable—. Bien, Roy y yo acabamos de llegar. Fuimos a cenar y al cine.

—¿Es de noche allá?

—Sí, es muy tarde.

—Qué curioso. ¡Aquí es de mañana! —exclamó Lincoln—. ¿Qué cenaron?

—Comida japonesa. En tu honor.

—Qué curioso, nosotros también.

La señora Mendoza le preguntó a Lincoln si estaba comiendo verduras y carne, y tomando suficiente leche.

—Montones —mintió. Había comido más verduras en una semana en Japón que las que había comido durante un año en California, y tantas espinacas que se sentía como Popeye. Pero casi no había comido carne y sólo había tomado unos cuantos tragos de leche. La familia Ono, al igual que la mayoría de las familias japonesas, prefería los pescados, los mariscos y el té, a la carne y la leche.

—¿Cómo está Flaco? —preguntó Lincoln.

—Está bien —respondió ella—. Volvió a pelearse con ese gato, pero creo que esta vez ganó. Tenía pelusa de gato entre los dientes.

—¡Qué condenado! —gritó Lincoln entusiasmado—. Dale una croqueta de mi parte.

Cuando llegó el momento de despedirse, a su mamá se le quebró la voz.

—Toma leche —le dijo a su hijo sollozando—. Te veo en unas semanas. Te extraño. *Adiós, mi'jo.*

Después de colgar se le hizo un nudo en la garganta. Extrañaba a su mamá y a Flaco, su mejor amigo peludo con cuatro patas.

Afuera encontró a Mitsuo haciendo lagartijas y contando:

—Mil tres, mil cuatro, mil cinco…

—Embustero —protestó Lincoln, y lo empujó con el pie.

—¡De veras! —suplicó Mitsuo, a carcajadas—. Hice mil. Mira el sudor.

Lincoln vio pequeños charcos y por un momento pensó que tal vez, sólo tal vez, Mitsuo realmente había hecho mil lagartijas. Entonces descubrió la manguera del jardín a un lado.

—¿Crees que me chupo el dedo? —Lincoln frunció el ceño, señalando la manguera—. Vamos, acompáñame. Oyama-*sensei* quiere hablar conmigo.

—¿Sobre qué?

Lincoln alzó los hombros, le dolieron por tantas lagartijas.

—No sé, a lo mejor me va a enseñar un golpe mortal, o algo así.

Cuando llegaron, la señora Oyama estaba en su pórtico tomando té. Trabajaba en casa como traductora de diccionarios médicos. Sus idiomas eran francés e inglés, y sabía un poco de español.

Lincoln y Mitsuo le hicieron una gran reverencia, subieron los escalones e hicieron una segunda reverencia ligera. Ella les indicó que se sentaran, y ellos se acomodaron en el suelo con las piernas cruzadas. Lincoln miró al jardín; a lo largo de la barda crecía la hierba y, en medio del jardín, había un estanque verde. Una bicicleta oxidada estaba recargada en un árbol.

—Lincoln-*kun*, necesito tu ayuda —dijo la señora Oyama con voz solemne. Le pasó un fajo de papeles a Lincoln.

—Éstos son poemas de un poeta japonés y los estoy traduciendo al inglés. Me gustaría que los leyeras con cuidado y que me hicieras algunas sugerencias. Mi inglés es bueno, pero creo que el tuyo es mejor.

—¿Poemas? —preguntó Lincoln—. No tengo muy buena ortografía.

—No tienen nada que ver con la ortografía. Por favor llévatelos a casa y léelos con cuidado. Si piensas que mi lenguaje está equivocado lo señalas.

Le entregó los papeles a Lincoln.

Lincoln y Mitsuo se quedaron mirando los poemas y leyeron el inicio de uno:

Días nublados, y la gaviota ronda
este lugar del sueño. Las sombras engullen
los pájaros. Tengo cincuenta y siete,
mi trineo de años sobre mi espalda.

—Todo suena bien —dijo Lincoln—. Excepto "engullen". Se oye raro, me recuerda el Día de Gracias.

—Muy bien, Lincoln-*kun*. Eso es exactamente lo que busco —dijo la señora Oyama emocionada—. Por favor lee los poemas y si las palabras están equivocadas, dímelo.

La señora Oyama se puso de pie sosteniendo su taza vacía en la mano; Lincoln y Mitsuo descruzaron las piernas y también se levantaron.

—Los veo hoy en la noche —les hizo una reverencia y se metió en la casa.

Los chicos recogieron los poemas y fueron a comprar un refresco que se bebieron en un parquecito, cerca de un templo donde los transeúntes se detenían, se inclinaban, prendían incienso y oraban.

—¿Tú crees en Dios? —le preguntó Lincoln a su amigo.

—Sí. Creo que si cometemos un error, Dios nos corrige —le respondió. Terminó su refresco y giró la botella.

—Yo soy católico —dijo Lincoln—. Cuando cometemos errores, nos confesamos.

—¿Qué es confesarse?

Lincoln dio un trago a su refresco y le respondió:

—Es cuando te metes en un buzón en la iglesia y le dices al padre cada cosa que hiciste mal. Así Jesucristo perdona nuestros pecados y podemos empezar de nuevo.

—¿Buzón?

—Bueno, no exactamente. Es una especie de clóset. Se supone que debes decir tus pecados en privado.

Mitsuo lo miró fijamente y le preguntó:

—¿Tú has pecado?

—No, en realidad no. Me robé unas cosas: chicle y pepitas de calabaza y, en una ocasión, una de éstas. —Tamborileó en la botella—. Y otra vez tomé unas agujetas fosforescentes de Woolworth. Una tienda. Me descubrieron y mi mamá me dio una buena paliza. Hasta mi perro Flaco lloró conmigo.

—Nosotros somos budistas —dijo Mitsuo—. Casi todos los japoneses son budistas, pero no todos van al templo.

—¿Qué es budista? —le preguntó Lincoln.

—Es difícil de explicar. Adoramos a Buda. Él es como Jesucristo para ustedes.

De pronto Lincoln se acordó que tenía que reunirse con Tony en el *sentō* a las cuatro para terminar de planear su cena mexicana, iba con diez minutos de retraso.

—Mitsuo, te lo tengo que decir. Tony y yo estamos planeando una fiesta para nuestras familias.

—¿Una fiesta?

—Sí, con comida mexicana.

—¿Comida mexicana? ¿Cómo es la comida de México?

Mientras se apresuraban por la calle, Lincoln le describió las enchiladas y los tacos, los *frijoles* refritos en una sartén renegrida, y el arroz rojo. Le describió las tortillas de maíz y de harina, envueltas en un trapo. Alabó la salsa picante de su *tío* Junior y los *tamales* navideños de su *tía* Linda. Le habló de la manera de comer con tortillas, sin tenedores ni palillos, y le dijo que no había nada mejor que limpiar un plato de *mole* con un pedazo de tortilla.

—Suena bien —comentó Mitsuo.

—Sí. *Es muy rico.*

En el *sentō* Tony estaba sumergido hasta el cuello en agua caliente; les silbó a Lincoln y a Mitsuo. Pronto hubo tres cabezas en la superficie del agua.

Esa tarde hablaron de comida y se les hizo agua la boca por unos frijoles con queso encima. ❖

Capítulo 11

❖ EL PAPÁ DE Mitsuo alzó su plato y examinó con curiosidad un caldo de frijoles humeantes. Su nariz percibió el aroma:

—Conozco este olor —dijo y metió un palillo en el plato, luego lo chupó de la punta. Cerró los ojos y sonrió mientras el vapor ascendía de su plato—. Conozco este sabor —dijo, abriendo los ojos y moviendo la cabeza en señal de aprobación.

—¿Cómo es eso? —le dijo la señora Ono.

—No sé, simplemente lo conozco —respondió su marido.

La señora Ono miró a sus invitados, los Inaba, y levantó su vaso de cerveza a su salud. Ellos a su vez brindaron por los Ono. La mamá de Mitsuo dio un pequeño sorbo y comentó:

—Mi esposo piensa que le gusta la comida extranjera. Pero sólo le gustan los fideos y el pescado. No se arriesga mucho.

—A mí me gusta todo tipo de comida —replicó el señor Ono.

—Fideos y pescado —bromeó su esposa.

—No, yo soy un comensal internacional. ¿No te acuerdas de la vez que

comí víbora en Tailandia? La probé y me sentí culpable pues a veces me siento resbaloso como serpiente. ¿Cómo pude saborear a mi propia especie? —Se rió de su propio chiste y tomó un trago de cerveza, chupándose los labios.

La señora Ono movió los ojos, se levantó y fue a ver a los chicos en la cocina. Lincoln y Tony llevaban tres horas preparando la comida. Cocieron y aplastaron los frijoles; picaron chile, cebolla y jitomate para la salsa; amasaron unas tortillas de forma muy irregular y también hicieron un guisado de carne molida. Llevaron lo que faltaba al comedor y se sentaron con sus familias.

—Nos sentimos muy honrados de que nos hayan invitado —dijo el señor Inaba sonriendo de tal manera que se le vieron las coronas de oro de los dientes—. Hemos oído hablar mucho de ustedes.

—Nosotros también hemos oído hablar de ustedes —dijo la señora Ono.

La señora Inaba miró a Tony.

—Tony-*kun* es un chico muy trabajador.

Tony alzó las manos y mostró ampollas del tamaño de una moneda. Junto con Toshi, el hijo de los señores Inaba, trabajó la franja de coles y rábanos que luego venderían en la carretera.

—También le ha enseñado a nuestro hijo palabras americanas muy útiles.

—¿Cómo cuáles? —preguntó el señor Ono, mientras se servía más frijoles.

El señor Inaba pensó un instante y dijo:

—*Órale, ése.* —Miró a Tony, quien se dirigía a la cocina a calentar más tortillas, y le gritó —: ¡*Órale, ése*!

—¡*Simón que sí, papi*! —respondió Tony desde la cocina, mientras volteaba otra de sus tortillas hechas a mano, que se infló como globo. La picó con un tenedor y el aire caliente escapó.

—Lincoln también es muy buen chico —dijo la señora Ono—. Está practicando *kempō*.

—¿*Kempō*? —Impresionado, el señor Inaba le preguntó a Lincoln quién era su maestro.

—Oyama-*sensei* —respondió—. Es muy mala.

—¿Mala? Creía que era una excelente maestra —dijo el señor Inaba.

—Malo significa bueno —le aclaró la señora Ono—. Es una expresión americana. Una palabra muy útil.

Tony regresó de la cocina con las tortillas calientes envueltas en un trapo.

—Prueben otra antes de que se enfríen.

Lincoln tomó las tortillas que traía Tony y le ofreció una al señor Inaba, quien probaba sus *frijoles*. Cuando la mordió, crujió como un *Dorito*. El señor Inaba carraspeó y comentó:

—Interesante, comida interesante.

Lincoln y Tony se miraron uno al otro y Lincoln susurró:

—La amolamos, estas tortillas están duras como piedra.

—Más duras —respondió Tony en un susurro—. Y los aguacates tampoco están buenos. Cinco dólares cada uno, hombre, y están negros como la conciencia de mi tío Pete, y el tipo está en la cárcel.

—Con razón están tan fuertes ustedes dos —dijo la señora Inaba, queriendo ser amable—. Su comida es muy dura.

También los *frijoles* estaban mal cocidos Tenían que triturarlos con los dientes para podérselos tragar, y se los pasaban con té o cerveza. La salsa se parecía más a la *Catsup* que a la salsa picante que hacían las mamás de Lincoln y Tony los sábados. Sin embargo, las dos familias probaron de todo, bebieron cerveza y té, comentaron sobre el clima, el tráfico y el nuevo emperador.

Después de cenar los cuatro jóvenes se fueron a la recámara de Mitsuo donde jugaron *Nintendo* y comieron *nigirimeshi*, pues aún tenían hambre. Tony y Lincoln se pegaban mutuamente en los brazos.

—La regamos —se lamentó Tony, un arroz le colgaba de la barbilla.

—Tienes arroz en la cara —le dijo Lincoln. Luego se dirigió a los jóvenes japoneses—. La comida mexicana *de veras* es buena. Si supiéramos cocinar caerían muertos en pleno paraíso. Mi mamá hace las mejores enchiladas.

—Les creemos —dijo Toshi—. Si nosotros tuviéramos que cocinar comida japonesa también nos saldría pésima.

—Les aseguro que ustedes la podrían hacer mejor —dijo Tony.

—No, nos moriríamos de hambre —dijo Mitsuo, y Toshi estuvo de acuerdo.

Mitsuo propuso que fueran a comprar un helado. Salieron por la ventana y cruzaron la hortaliza cuidando de no pisar algún tomate. Entonces sí estarían en problemas.

Cuando vieron que habían estado fuera cerca de una hora, corrieron a casa; nudos de hambre les retorcían el estómago. Llegaron en el momento preciso: los adultos freían un pescado casi tan grande como una guitarra. Una nueva cacerola de arroz se cocía al vapor. El té hervía a fuego lento y unas botellas de *ramune* helado aguardaban. Luego, al cuarto para las diez, con la luna colgando del cielo como hoz, la fiesta realmente comenzó. ❖

Capítulo 12

❖ EL SEÑOR ONO llenó el auto con equipo de acampar prestado. Tenía una semana de vacaciones e hizo planes para pasar unos días en el bosque con Lincoln y Mitsuo. Recorrerían un camino que los budistas devotos seguían para rezar en los santuarios y honrar a sus antepasados muertos. La señora Ono se quedaría en casa, descansando de los tres y de su apetito insaciable.

Lincoln se alistó para ir, ya le había devuelto los poemas a Oyama-*sensei* con algunos señalamientos. Estaba contento de haber salido de eso. Su propia escritura era terrible, y el solo pensamiento de ayudar a alguien a escribir poemas le aterraba. Como recomendación para el viaje, Oyama-*sensei* le dijo que practicara *kempō* mientras estuviera fuera porque tan pronto regresara tendría su segundo examen de *kyu* .

—Es bueno poder salir —decía el señor Ono mientras retacaba la cajuela del auto con mochilas y una tienda de campaña bastante ligera—. Árboles. Silencio. Paz.

Lincoln disfrutaba acampar. Una vez pasó cuatro días en Yosemite escalando en la nieve con dos tíos. Había pensado que se congelaría como paleta, sin embargo tuvo calor la mayor parte del tiempo, porque escalar en la nieve era fatigante. A su mamá no le agradaba la idea de acampar, prefería dormir en una cama y no en el suelo. Le asustaba que, dormida, la mordiera un mapache, o que una araña se le metiera en la oreja y pusiera huevecillos que se desplazarían a un pliegue gris de su cerebro.

El señor Ono y los chicos condujeron durante tres horas hasta llegar a una montaña. Luego el auto comenzó a subir y el aire se volvió más ligero. Cuando bajaron las ventanillas el aire les inundó los pulmones y Lincoln y Mitsuo respiraron con dificultad. Al tomar una vuelta muy cerrada salió disparado el chicle de su boca, se rieron tan fuerte que el señor Ono gruñó y les ordenó que se callaran porque perturbaban la naturaleza.

Cuando llegaron al pie de la ruta, Mitsuo y Lincoln estaban un poco mareados. Los últimos diez kilómetros habían sido de vueltas y curvas. A mil quinientos metros de altura las ciudades habían dado lugar a kilómetros y kilómetros de árboles.

—Tengo una rana en la panza —gruñó Lincoln.

—¿Una rana? —le preguntó Mitsuo.

—Siento que voy a vomitar el desayuno.

—Te sugiero que no lo hagas —dijo el señor Ono, poniendo las mochilas en el suelo—. De ahora en adelante comeremos una vez al día. Solamente *nigirimeshi*.

—¿Bolas de arroz nada más? —preguntó Lincoln, recargándose en el automóvil.

—Arroz y té. Estamos en una peregrinación.

Al principio el camino era ancho como avenida, pero pronto se angostó, convirtiéndose en una senda de agujas de pino y tierra húmeda. Caminaron en fila india, silenciosos. A Lincoln ya se le había pasado la náusea, y ahora tenía hambre. "Arroz y té. Té y arroz", pensó. Las agujas de pino crujían bajo las suelas de sus zapatos y con cada crujido imaginaba un plato de cereal de fibra, el que menos le gustaba, aunque en ese momento no le parecía tan malo.

Después de una hora descansaron sobre un tronco caído cubierto de musgo. Entre los pinos gigantes se asomaba una porción de cielo azul y a lo lejos se oía un río correr entre rocas.

—¡Qué agradable! —exclamó el señor Ono quitándose los guantes.

Mitsuo le susurró a Lincoln:

—¿Tienes hambre?

Lincoln se chupó los labios y presionó con el puño su estómago cavernoso.

—Me comería un caballo.

—¿Un caballo? —le preguntó Mitsuo—. ¿Los americanos comen caballos?

—Es un decir, Mitsuo. Pero me podría comer un puerquito. Entre rebanadas de pan.

Se rieron al imaginar un puerco entero entre dos enormes rebanadas de pan.

—En una peregrinación se siente hambre —dijo el señor Ono—. En un rato más verán un santuario y quizá a un sacerdote rezando. Tal vez haya otras personas como nosotros.

Habían avanzado ya siete kilómetros entre el bosque y no habían visto a ningún excursionista.

—¿Dónde está todo el mundo? —preguntó Lincoln.

—No es temporada —dijo Mitsuo—. La mayoría viene en octubre, no en julio. Tenemos suerte de que haya poca gente. Generalmente está lleno.

—No me importaría encontrarme a una que otra persona. ¿Qué tal si nos pasa algo?

—Sí, podríamos morir de hambre. No sé por qué mi papá no nos deja comer.

Después de tomar unos cuantos tragos de agua de sus cantimploras, siguieron caminando. A Lincoln le pesaba la mochila tanto como sus primos cuando los cargaba de caballito en el jardín. A pesar de que soplaba el aire fresco de la tarde, estaba sudando.

Muy pronto llegaron a un santuario donde había una estatua de piedra sedente con un sombrero tejido, bajo un techo de madera. De una varilla de incienso se desprendía un humo delgado de aroma dulce que se deshacía con el viento.

—Éste es el *Jizō*. Proteje a los niños —le explicó el señor Ono a Lincoln—. Te cuida, y a ti también, Mitsuo.

Juntó sus manos en actitud de rezar e hizo una gran reverencia frente al santuario. Mitsuo y Lincoln cerraron los ojos y también se inclinaron.

—Hay un santo católico que protege a los niños, pero olvidé su nombre —comentó Lincoln. "Debiste haber puesto más atención en catecismo", se reprochó. "¿Qué tal si necesito invocar a este santo? ¿Cómo pediría? Por favor, san 'Cómo te llames', ¡ayúdame!"

— *Jizō* quiere decir "vientre" —continuó el señor Ono, tocándole la panza a la estatua—. Brinda consuelo. Lo veremos muchas veces.

Bebieron agua y siguieron su caminata. Ya era casi de noche. Caminaron otros cinco kilómetros y enterraron la tienda de campaña entre los helechos.

—¡Qué alivio! —suspiró Mitsuo, aflojando las agujetas de sus botas.

Lincoln se tronó los nudillos de los dedos de los pies.

—Me duelen.

—¿Podrías comerte un caballo? —le preguntó Mitsuo.

—Si tuviera suficiente mostaza, me lo comería vivo.

Pero no había caballos para cenar. Cada quien se comió dos bolas de arroz acompañadas de té frío. Luego el señor Ono se puso a tallar una vara y Lincoln y Mitsuo conversaron un rato, sobre todo de beisbol y de chicas, discutiendo si se veían más bonitas con pelo largo o corto. Por último, se metieron en sus bolsas de dormir. Lincoln se sentía pegajoso, pero bien. Le gruñían las tripas, pero no hizo caso. Era la quinta vez que salía de campamento, y la primera en un país extranjero. Lo único que le faltaba era soñar en japonés.

Lincoln amaneció tieso como una vara. Estaba adolorido por la larga caminata y por el suelo duro; la tierra parecía tan suave cuando iban a armar la tienda. Se estiró y bostezó somnoliento. Le faltaba un calcetín en un pie, y lo pescó metiendo una mano hasta la punta de su bolsa de dormir.

—Levántate, hombre —le dijo a Mitsuo, dándole un leve codazo, pero Mitsuo ni se inmutó.

Lincoln abrió la tienda de campaña y salió gateando. El señor Ono, sin afeitar, se frotaba las manos sobre una pequeña hoguera.

—*¡Ohayō!* Buenos días, Lincoln-*kun* —exclamó.

—*¡Ohayō!* —respondió Lincoln, poniéndose de pie. Hizo algunas sentadillas para estimular la circulación y se reunió con el señor Ono a tomar té.

—Huele los árboles —le dijo el señor Ono, estirándose e inhalando aire fresco y soltándolo en un largo suspiro—. *Mmm,* me duele un poco el brazo —comentó—. Esta parte. —Se tocó el hombro.

Lincoln tomó agua de una cacerola metálica y se la echó en la cara.

—Tal vez durmió usted mal —le dijo temblando de frío—. Yo dormí encima de mi zapato. —Se sobó la espalda.

—No, esto es diferente. —El señor Ono se quitó la chaqueta y la camisa para examinarse el brazo. Cuando vio dos puntos rojos inflamados le cambió el semblante—. Ya veo —dijo serenamente—. Parecen piquetes de araña. —Exprimió los piquetes hasta que la pus corrió como lágrima.

—Está muy feo —dijo Lincoln, ahora bien despierto. Se había levantado hambriento, pero ahora su hambre había desaparecido—. ¿Le duele?

—No. ¿Qué araña puede hacerle daño a un viejo como yo?

Mitsuo salió de la tienda y preguntó:

—¿Qué sucede?

—Una araña picó a tu papá —respondió Lincoln.

—No es nada —dijo el señor Ono. Le dio una taza de té hirviendo a cada uno y se puso la camisa.

—Déjame ver —le pidió Mitsuo.

—No es nada. A cada rato me lastimo en el trabajo. Bueno, apúrense para irnos. —Se abotonó la camisa y se puso la chaqueta.

Lincoln había sufrido mordiscos y piquetes montones de veces. Una vez por un perico, dos veces por un perro, seis por un gato. Y cada verano, durante catorce años, le habían picado billones de mosquitos succionadores de sangre. En una ocasión lo mordió una bebé, su prima, que por suerte no tenía dientes; él le hizo cosquillas bajo el mentón para aflojarle la mandíbula.

Para entrar en calor Lincoln practicó algunos ejercicios de *kempō*. Mitsuo lo imitó muerto de risa porque no podía hacerlos bien.

—No me estás ayudando —le reclamó Lincoln—. Pórtate serio, mi examen es en dos semanas.

Después de su desayuno de albóndigas de arroz y té, levantaron la tienda y continuaron su jornada. Caminaron en fila india entre las sombras de árboles gigantescos; Lincoln iba atrás. Los helechos se abrían como inmensas olas verdes y las rocas estaban moteadas por tapetes de moho. Las salamandras se enredaban en el musgo y hordas de libélulas flotaban en el aire.

Mitsuo volteó y le preguntó a Lincoln:

—¿Así son los bosques en América?

—Solamente he estado en Yosemite. Es muy bonito, excepto por todos los campistas —explicó Lincoln—. ¿Qué nadie visita este bosque?

—Si quieren orar —le respondió el señor Ono.

Lincoln reflexionó sobre esto. Le gustaba acampar, pero caminar cinco horas con una mochila para rezar no era lo que esperaba.

Al llegar a una curva, una ave semejante a un búho le hizo un guiño a Lincoln, luego abatió a una libélula y la atrapó.

—¿Vieron esa ave? —preguntó Lincoln—. Nos está mirando.

—No —dijo Mitsuo mirando hacia el ave—. Te está mirando a ti.

Y así parecía. Su abuela decía que los pájaros eran presagios. Lincoln se preguntó sobre el mensaje de éste que lo miraba fijamente.

Pensó en los piquetes de araña; se apretó el brazo con fuerza y no sintió dolor. Aun así, se preguntó si no le habría picado una araña también a él y su veneno corría por sus venas y arterias.

—¿Estás bien? —le preguntó Mitsuo.

—Sí. Me quedé pensando si también a mí me picó una araña.

—Lo sabrías —le dijo Mitsuo—. En nuestro país los piquetes de araña son graves. Te pueden matar. —Volteó a ver a su padre y susurró—: Se ve enfermo, ¿verdad?

Lincoln observó el rostro del señor Ono, brillante de sudor. ¿Sería por la caminata o por el veneno que le penetraba el organismo?

—Hay que observarlo —le murmuró a Mitsuo.

En la quietud del bosque, Lincoln tuvo mucho tiempo para pensar en su casa. Se preguntaba si era de día o de noche; si su mamá estaría viendo la televisión con Roy; ¿Qué estaría haciendo Flaco?, ¿se habría peleado otra vez?, ¿estaría en aprietos por haber pisoteado las flores del prado?, ¿echaría de menos las sobras del refrigerador que él le daba? Así como había gozado sus primeras cuatro semanas en Japón, comenzaba a extrañar su casa.

Poco antes del mediodía llegaron a otro santuario. Un monje barría hojas con una escoba de paja. Los saludó en japonés y los tres le hicieron reverencias. El incienso hacía que el sitio se viera entre bruma y misterioso.

—Hace frío —dijo el señor Ono, después de rezar una breve oración en el santuario.

—Sí, está frío —respondió el monje. Tenía los dientes negros y el pelo tan corto que la cabeza se le veía azul. Vestía una túnica blanca y sandalias, y de su muñeca colgaban cuentas para orar.

—Este joven viene de América —dijo el señor Ono señalando a Lincoln, quien se estaba quitando su mochila.

—¡Ah, América!

—Mientras está aquí, estudia *kempō*.

—¡Ah, *kempō*! —dijo el monje sonriendo. En japonés les dijo que él había estudiado con Doshin Do, el fundador del *shorinji kempō*. Mitsuo le tradujo a Lincoln.

—¿Usted estudió con el fundador? —preguntó Lincoln en inglés. Estaba impresionado.

El monje sonrió y se sonrojó ligeramente.

—¿Sería tan gentil de examinarle el brazo a mi papá? —le pidió Mitsuo al monje—. Tiene un piquete.

—¿Qué le picó? —preguntó el monje.

—Una araña —respondió Mitsuo.

El monje puso a un lado su escoba y le pidió al señor Ono que se quitara la camisa; él aceptó reticente, sacándose la mochila. El monje le tomó el brazo entre sus manos delgadas y examinó los piquetes. Presionó hasta que al señor Ono se le escapó una exclamación de dolor. Los piquetes se habían puesto morados y duros como tachuelas.

Mitsuo miraba. Lincoln permaneció atrás, observándolos a los tres. En ese momento supo que el señor Ono estaba seriamente enfermo.

El monje masculló y regañó al señor Ono. Le dijo que tenía que regresar inmediatamente y buscar un doctor. El señor Ono protestó tratando de bromear acerca de la situación, pero el monje lo volvió a reprender, advirtiéndole a Mitsuo que si su papá no recibía atención podía morir.

—¿Oíste? —le dijo Mitsuo a su papá—. Tenemos que regresar. —Estaba preocupado, y Lincoln también.

—Mitsuo, hay que regresar —insistió Lincoln—. Ahora mismo.

—Tienen razón —aceptó el señor Ono un momento después—. Debemos regresar. Me apena arruinar nuestro viaje de campamento.

—Olvídese de acampar —le dijo Lincoln, quien de repente empezó a sentir comezón, como si una araña hubiera anidado debajo de su camisa perforando su espalda con agujeros diminutos—. Más vale apurarnos.

Agradecieron al monje, quien se inclinó y murmuró una oración. Les dio una vara de incienso que se extinguió a los pocos pasos con el viento frío. En cuanto estuvieron fuera de su vista, la aventaron al suelo.

Caminaron aprisa con el señor Ono en medio de los dos. El recorrido tomaría seis horas; afortunadamente era temprano, así que llegarían al automóvil antes del anochecer.

—Miren nada más —les dijo el papá riéndose—. Me cuidan unos niños.

—No somos niños —dijo Mitsuo—. Deja de bromear.

El papá les ofreció chicles y, arremedando a Lincoln, dijo:

—Llévatela suave, *ése*.

Platicaron sobre beisbol un rato, luego se quedaron callados al descender por el camino. Descansaron dos veces; para el tercer periodo de descanso, el señor Ono estaba empapado en sudor. Quería sacarse la chaqueta y Mitsuo lo obligó a mantenerse tapado; se quitó la mochila y la abandonó junto a una roca. Aunque los chicos estaban hambrientos tuvieron que dejar la comida, diecinueve albóndigas de arroz envueltas en papel encerado.

Caminaron por tres horas. Para entonces el señor Ono ya estaba afiebrado y la axila se le había hinchado como pelota. Estaba cansado y con la respiración entrecortada.

—¡Hay que cortar! —ordenó el papá cuando se detuvieron a descansar junto a un arroyuelo. Se quitó la chaqueta y la camisa—. Ábranla.

Lincoln y Mitsuo se miraron. Oyeron el grito de un pájaro y levantaron la vista hacia los árboles. "¿Una señal?", se preguntó Lincoln.

—¿Quiere que le abramos la herida? —le preguntó Lincoln.

—Sí.

—Yo no puedo.

—Yo tampoco —agregó Mitsuo, desviando la mirada. El pájaro que acababan de oír se alejó volando con una lagartija en el pico.

Lincoln odiaba ver sangre. Una vez se machucó el pulgar con la puerta del auto y chorreó sangre como una pluma fuente. Y le habían sacado sangre de la nariz en pleitos en las canchas. ¿Cuántas camisetas había echado a perder haciéndose el valiente?

—¡Corten! —ordenó el papá, dándole a Mitsuo un pequeño cuchillo con mango de marfil.

Lincoln tomó el cuchillo y dijo:

—Yo lo hago.

Se acordó de haber visto películas de vaqueros y cómo uno de los vaqueros mordidos por serpientes flameaba un cuchillo. Lincoln hizo lo mismo con tres cerillos; la flama azul lamió la cuchilla plateada hasta ahumarla. Después la limpió con un pañuelo desechable.

Palpó cuidadosamente la primera picadura, tensó el estómago y la quijada, mientras la punta de la navaja se hundía poco a poco debajo de la piel hinchada; salió una sangre amarillenta. El señor Ono dejó escapar un gruñido y apretó un puñado de tierra con la mano, frunciendo el ceño de dolor.

—Es una experiencia nueva —dijo con los dientes apretados.

—No bromees —lo reprendió Mitsuo.

Lincoln se volteó descompuesto. Su mirada fue a parar donde estaba el pájaro que le hacía guiños.

—¡Largo! —gritó Lincoln enojado. El ave aleteó y emprendió el vuelo.

Mitsuo le quitó el cuchillo y, al borde del llanto, abrió la segunda picadura. Su papá lo miraba mientras salía líquido de la herida; Mitsuo la apretó y brotó más sangre infectada.

—Muy bien, hijo —dijo el señor Ono poniéndose de pie lentamente—. Lincoln-*kun*, eres un chico muy valiente.

Lincoln se sentó en una roca, angustiado. No se sentía valiente; tenía la misma sensación que cuando tres tipos se le echaron encima después de un baile de la escuela: terror.

—Hay que proseguir —dijo Mitsuo.

Lincoln brincó cuando vio una araña patona junto a sus pies. La pisó gritando:

—¡Hombre, son horrorosas!

Le vendaron las heridas al señor Ono y se apresuraron. Dos horas más tarde, a punto de anochecer, llegaron al auto. El señor Ono estaba afiebrado otra vez y Lincoln y Mitsuo, ya sin mochilas, tuvieron que ayudarlo entre los dos. Estaban sudorosos y cansados, y el estómago les gruñía de hambre.

Abrieron la puerta del auto. Mitsuo miró seriamente a Lincoln y le preguntó:

—¿Sabes conducir?

—¿Yo? ¿Conducir? Tengo catorce años —respondió. Miró al enfebrecido señor Ono—. Sí, creo que me las puedo arreglar.

Acomodaron al papá de Mitsuo en el asiento trasero y lo arroparon con una manta.

Lincoln prendió el auto y murmurando "aquí vamos" sumió el acelerador. El auto se bamboleó y avanzó despacio desde un lado del camino hacia la carretera desierta.

Mitsuo encontró una manzana en el asiento, le dio un mordisco y se la pasó a Lincoln.

—Tengo hambre —dijo Lincoln con la boca llena de manzana.

—¡Cuidado! —previno Mitsuo. Lincoln viró bruscamente a punto de estamparse contra una barda. Vio el velocímetro; iba a cincuenta y cinco kilómetros por hora. "No voy tan rápido", pensó. Se acordaba de haber ido a cuarenta en su patineta, y casi a sesenta y cinco en una bicicleta de diez velocidades. Pero también recordó que las dos veces chocó y se raspó los codos y las rodillas.

—Tenemos que llegar a ese pueblo de granjeros —dijo Mitsuo angustiado—. Ahí debe haber un doctor.

El automóvil rebotó al caer en un hoyo y los tres casi se estrellan contra el techo.

El señor Ono murmuró algo y Mitsuo se le acercó para escucharle.

—¡Deja de bromear! —le gritó Mitsuo—. No estamos para bromas.

—¿Qué dice? —preguntó Lincoln.

—Que quiere oír rock.

—Ahí le va —dijo Lincoln encendiendo la radio inmediatamente. Manejaba el volante como si fueran los cuernos de un toro. Faltaban dieciséis kilómetros para llegar a ese pueblo. Y ya había oscurecido en las montañas sin luz, donde por las noches, salían las arañas. ❖

Capítulo 13

❖ LINCOLN despertó y vio el reflejo del sol en la pared, no muy seguro de dónde estaba. Oyó el rechinar de la puerta del horno en la cocina y supo que se encontraba nuevamente en su segunda casa, la de la familia Ono. Suspiró y se chupó los labios, recuperado por las buenas horas de sueño que dejaron legañas en sus ojos. Bostezó y abrió ampliamente los ojos encontrándose cara a cara con una araña gigante y tan negra como una flor maligna. Gritó mientras manoteaba para alejarla, después se levantó y con sus *vaqueros* la aniquiló.

En la esquina de la recámara, atrás de una canasta de mimbre con ropa limpia, Tony se reía.

—*Carnal*, es una araña de plástico.

Lincoln inspeccionó la araña y la movió con la punta del pie. Después la recogió y se la echó a Tony.

—Vine a ver si estabas vivo o muerto —le dijo Tony saliendo de su escondite.

—Tu broma es de pésimo gusto —gruñó Lincoln—. Casi me matas del susto.

—Es una broma inocente. Sería de mal gusto si te hubiera traído una araña de verdad. —Tony levantó el guante de Mitsuo, lo abrió como una boca y metió su puño—. Tengo información de primera mano sobre el señor Ono.

Los hechos fueron que Lincoln condujo el automóvil cuesta abajo desde el camino estrecho a mil quinientos metros de altura, a la supercarretera, mil doscientos metros más abajo, y sobrevivieron. El señor Ono también. Estaba inconsciente cuando llegaron a la ciudad de Ina e ingresó al hospital. Lo acostaron sobre unas sábanas frescas y los chicos durmieron en el automóvil. La señora Ono tomó el tren a Ina al día siguiente y se trajo a Mitsuo y a Lincoln a la casa, junto con su esposo, quien tenía el brazo en un cabestrillo blanco.

Lincoln se puso sus *vaqueros* y una camiseta limpia de los Gigantes de San Francisco. Hizo algunas sentadillas y cinco largartijas.

—¡Abran cancha! —advirtió Tony juguetón. Se puso en guardia y lanzó un gancho—. Este *vato* es peligroso.

Mitsuo entró a la recámara y gritó:

—¡A desayunar! —Tenía las manos negras y la nariz manchada—. ¿Cómo dormiste, Linc?

—Como piedra. ¿Qué tienes en la cara?

—Grasa, supongo. —Se limpió la nariz con el dorso de la mano—. Le quité la defensa al coche.

Al bajar la montaña Lincoln se llevó una señal, dos bardas y le pegó a una piedra atravesada en la carretera. Por poco y choca contra una vaca. El auto quedó con una defensa torcida, inservible, y con el parabrisas estrellado como relámpago.

—¿La defensa?

—Sí, mi papá quiere que la llevemos al deshuesadero. Ya mandó pedir otra.

Los tres fueron a la cocina, donde la señora Ono preparaba huevos con papas.

—Buenos días, héroe —le dijo—. Te hice algo especial.

—Retiró un trapo de cocina y como por arte de magia apareció una pila de tortillas calientes.

—¡Tortillas! —gritaron Lincoln y Tony.

El señor Ono entró desde la *engawa*. Expelió el humo de su puro en un gran círculo blanco.

—¿Fuma usted puro? —le preguntó Lincoln, untando mantequilla a una tortilla.

—Estoy celebrando mi nueva vida. Me dicen que el piquete de araña no fue nada comparado con tu forma de conducir —le dijo bromeando.

La señora Ono puso los platos en la barra de la cocina.

—Llamé a tu mamá —le dijo a Lincoln—. Eres afortunado de tener una mamá tan linda.

—¿A mi mamá?

—Sí. Ella me dio la receta de las tortillas. Dice que todo está bien. Y hablé con tu perro, Flaco.

—¿Habló usted con él?

—Sí. Ladró y yo le ladré.

Se rieron mucho y las tortillas se acabaron en un dos por tres.

Después del desayuno Tony regresó a su casa y Lincoln y Mitsuo se dispusieron a quitar el parabrisas estrellado. Aflojaron el empaque de goma con desarmadores, con cuidado para no rasgarlo.

El señor Ono los observaba desde el pórtico tomando el sol. Bebía su té, saboreando su frescura lentamente. Ordenaba y mascaba su puro, pero en ningún momento se levantó para ayudarles. Se sentía tan perezoso como gato estirado al sol.

Al cabo de veinte minutos de cirugía, el parabrisas cedió. Lincoln y Mitsuo se sentían mareados. Se limpiaron las caras sudorosas y bebieron largo y con ganas de la manguera del jardín.

—Cuando regresen les voy a dar una sorpresa que les gustará —dijo el señor Ono con un cigarrillo sin prender balanceándose en su boca—. Así que apúrense. A las tres empieza la sorpresa.

Lincoln y Mitsuo amarraron una cuerda a la defensa y pusieron el parabrisas encima. Arrastraron por la calle su improvisado trineo de autopartes. Los niños los seguían pidiendo un paseo, también los perros los seguían y una anciana que salió de su casa tapándose las orejas y gritando que el ruido del metal contra el asfalto la estaba volviendo loca. Les aventó un pedrusco, pero ellos sólo rieron y se alejaron de prisa.

En el deshuesadero, ubicado en las afueras de la ciudad, Mitsuo y Lincoln bebieron refrescos, sus camisas estaban pegajosas de sudor, les dolían los brazos, y tenían las palmas de las manos ampolladas por la cuerda.

El dueño salió de un cobertizo y cuando vio la defensa y el parabrisas murmuró en japonés que esas cosas eran pura basura y una catástrofe para el medio ambiente.

—¿Basura? Sí, pero basura de calidad. Proviene del *Honda* de mi papá —le refutó Mitsuo. Sabía que no iba a recibir mucho por las piezas del automóvil, pero no perdía nada con regatear.

El dueño despachó a Mitsuo sacando una billetera amarrada con ligas. Le dio un puñado de yenes, Mitsuo iba a discutir, pero el perro del dueño empezó a olfatearles las piernas, gruñendo y pelando los colmillos hasta mostrar sus encías rosadas.

—¡Qué lindo perrito! —dijo Lincoln retrocediendo.

Abandonaron el deshuesadero, chiflando melodías agradables.

Le contaron al papá de Mitsuo que el del deshuesadero era un tipo vulgar y que su billetera estaba unida por ligas.

El señor Ono estaba en el jardín jugando una ronda de golfito. El palo de golf estaba oxidado y su única pelota astillada y amarillenta como un diente viejo.

—Estoy de vacaciones, no puedo hablar de dinero —dijo concentrado en su tiro y en el hoyo a seis metros de distancia. Balanceó el palo y la pelota salió disparada; desapareció como ratón bajo hojas de col. Miró a los chicos y les dijo—: Necesito practicar. Denme un par de horas y verán.

Mitsuo salió tras la pelota y la rodó de vuelta a su papá. Lincoln la detuvo bajo la suela de su zapato.

—Dijiste que nos tenías una sorpresa —le recordó Mitsuo.

—Sí, una sorpresa —afirmó el señor Ono. Sacó su cartera, también sujeta por ligas, y soltó una risita—. Yo soy como el hombre del deshuesadero.

Le extendió a cada uno un boleto.

—Luchas de sumo, Lincoln-*kun*. Empiezan a las tres.

—¡Duro! —exclamó Lincoln, examinando el *kanji* en el boleto—. Esos tipos son pesados. ¡Gracias!

—Ciento ochenta kilos —dijo Mitsuo—. A veces hasta doscientos.

Llegaron al auditorio a las dos y media. Había muchos espectadores —hombres en su mayoría—, amontonados para obtener lugares. El aire acondicionado estaba puesto al máximo.

Los espectadores gruñeron y mascullaron cuando cuatro luchadores de sumo aparecieron con taparrabos morados, con el pelo restirado y anudado en moños. Cada uno llevaba una toalla que se veía pequeña como servilleta sobre sus inmensos hombros.

Lincoln estaba impresionado. Los luchadores eran fuertes y poderosos. Les temblaba la grasa de las piernas y de la panza, pero Lincoln estaba seguro de que debajo de todo eso había músculos que ondulaban como cables de acero. Por su forma de caminar, se veía claramente que estos hombres eran guerreros.

—El torneo es breve, tal vez un minuto —le explicó Mitsuo—. El objeto es empujar al contrincante fuera del ring.

El ring de lona era un círculo desprovisto de cuerdas, elevado y colocado debajo de un dosel adornado con borlas. Un réferi vestido con un kimono ceremonial entró al ring e hizo una gran reverencia, lo seguían dos guerreros que se miraban entre sí entrecerrando los ojos. Aplaudían y se pegaban en los muslos y en el estómago, simulaban ataques, estampaban sus pies desnudos contra el suelo. Lanzaban un polvo blanco al aire y luego aplaudían en medio del polvo.

El público expectante se animaba cada vez más. El asalto comenzó con los luchadores haciendo reverencias al público y entre sí. Azotaron los pies contra el piso, se movieron en círculos e hicieron fintas. Luego se enfrentaron, pecho contra pecho, golpeándose uno contra otro tan fuerte que los músculos les temblaban. Apenas acababa de iniciar el combate cuando ya había terminado. El luchador más grande fue derribado fuera del ring. Salió de la plataforma, se limpió el cuello sudoroso y, según Lincoln, agradeció que no lo hubieran hecho polvo. El luchador victorioso hizo reverencias al público. Algunos festejaban de pie.

—Hombre, eso fue rápido, *mano* —le dijo Lincoln a Mitsuo—. Tan fácil que se ve.

—Pero no lo es.

Otros dos luchadores de sumo pasaron al ring y caminaron de un lado a otro; también aplaudieron y se dieron golpes en el estómago. Crecía la expectación, la multitud se volcaba en una algarabía sudorosa mientras el réferi hacía una reverencia y presentaba a los "jugadores". Uno era de Tokio y el otro de Osaka

Los luchadores hicieron una amplia reverencia y se rodearon uno al otro. El de Tokio ganó en treinta y tres segundos, o algo así, según contó Lincoln en su reloj.

—Hombre, no puedes parpadear —dijo Lincoln.

—Si parpadeas, pierdes —le respondió Mitsuo.

—Son malos, pero no me gustaría ser tan grandote. Tendría que comprar en la tienda de tallas extras.

—Sí, son grandes, demasiado. Dicen que un luchador de sumo puede comerse doce platos de *rāmen* y seguir con hambre.

—Eso es un montón de fideos.

Vieron cuatro partidos y regresaron a casa, cada quien con un refresco en la mano y una historieta de luchadores de sumo autografiada por uno de los que habían lanzado fuera del ring.

Antes de la cena Lincoln y Mitsuo lucharon al estilo sumo, sin camiseta. Gruñeron, sudaron y chocaron uno contra el otro. Les salieron manchas rojas en los brazos, se pisaron los dedos de los pies y se golpearon la cabeza.

El señor Ono los observaba sin camisa desde la *engawa*, espantando moscas.

—Qué diversión tan mala para un pobre ferrocarrilero —dijo; su cigarrillo brillaba en la penumbra. ❖

Capítulo 14

❖ PASÓ UNA semana y Lincoln practicó *kempō* muy duro. Faltaban seis días para su examen, un día después él y Tony abordarían un jet de regreso a San Francisco. Oyama-*sensei* le dijo que su destreza había aumentado, que era tan ágil como un gato, y rápido. Podía soltar una patada, golpear y parar golpes al mismo tiempo cuando practicaba con los cintas negras.

Sin embargo los entrenamientos no estaban exentos de dolor. Le salió un moretón del color de una berenjena en el hombro, se le rompió una uña del pie y un hilo de sangre salpicó el césped al brincar de dolor en una sola pierna. Tenía lastimado el dedo cordial de la mano izquierda y se había torcido el cuello tratando de zafarse de una llave. Durante dos días anduvo como Frankenstein, sin poder mover el cuello, y durmió sentado porque acostado le dolía.

Pasaron los días, Lincoln y Mitsuo ayudaron a recoger la cosecha y vendían los productos frente a la casa. Se comían algunos vegetales, pero más que nada regateaban con las amas de casa, unas clientas muy bravas.

Una tarde el señor Ono volvió del trabajo y anunció:

—Tengo una prueba para ustedes, muchachos.

Estaban recostados en la sombra del pórtico, exhaustos del calor del día. Las moscas negreaban como humo pues algunos vegetales se estaban echando a perder.

Mitsuo alzó la vista y preguntó:

—¿Una prueba?

—Sí, una prueba. Quiero ver qué tan rápidos son y si saben escuchar.

Se sentaron intrigados, y espantándose las moscas escucharon al papá de Mitsuo explicar que había escondido una nota en Tokio, y que tenían que rescatarla y traérsela. Les dijo que tomarían el tren y que tenían que encontrar la nota, leerla, y seguir las instrucciones. Debían hacerlo en un día, y estar en casa antes de que él volviera de trabajar. Su recompensa sería una ida al campo con ellos conduciendo.

Tokio estaba a 241 kilómetros de Atami. La distancia no representaba problema alguno: irían en tren bala. El problema era no perderse en Tokio entre las hordas de trabajadores, y volver a tiempo.

Emocionados, se tiraron golpes en el estómago uno al otro. Mitsuo atrapó una mosca con la mano y estrelló a la pobre criatura contra el pórtico; herida, zumbó en círculos moviendo sus alas rotas.

—Nunca he estado en Tokio —dijo Lincoln—, excepto la vez que usted me recogió en el aeropuerto.

—Yo he estado miles de veces, pero nunca solo. ¿Qué tal si perdemos nuestras conexiones de regreso? —preguntó Mitsuo, algo preocupado.

El señor Ono encendió un cigarrillo. Inhaló, echó un chorro de humo por la boca y, volteando a ver a Lincoln, preguntó:

—¿Cómo dice esa frase americana?: ¿'pues mala suerte'?

El señor Ono se rió tanto que le dio un ataque de tos. Lincoln y Mitsuo rieron y dieron de saltos, enloquecidos con la idea de ir a Tokio solos.

—¿Cómo es el mensaje? —preguntó Mitsuo.

—Está doblado en forma de barco de papel —respondió el señor Ono como un profeta.

—¿Sólo una nota? ¿Un barco de papel? —preguntó Lincoln.

—Así es. Un simple pedazo de papel. En un helecho del edificio Sumitomo, en el distrito Shinjuku. —A punto de irse, el señor Ono aplastó su cigarrillo y Mitsuo le preguntó acerca del edificio, pero él los despidió con la mano—. Suficientes pistas. Veamos qué tan listos son.

Mitsuo conocía el edificio Sumitomo, un rascacielos de cincuenta y dos pisos. Conocía el distrito Shinjuku, donde había pequeños bares y restaurantes, un lugar lleno de estudiantes y de oficinistas.

—Esto va a ser divertido —dijo Lincoln.

—Me imagino que sí —murmuró Mitsuo perdido en sus pensamientos. La mosca que había lanzado ahora se lavaba la cara, aparentemente se había recuperado—. Un barco de papel en un helecho. Mi papá es todo un personaje.

Al día siguiente se levantaron antes del amanecer, se vistieron a toda prisa y comieron un puñado de bolas de arroz a la carrera.

A las 6:45 ya estaban en la estación de ferrocarril donde el señor Ono trabajaba como mecánico. El tren bala estaba programado para salir a las 7:10; era un tren que salía tarde de Atami y paraba en dos estaciones de transbordo.

—¿Dónde están nuestros boletos? —preguntó Mitsuo.

—No tienen boletos. Les toca viajar con el correo y las gallinas.

—¿En la parte de atrás? —preguntó Mitsuo.

—Me gusta la idea —dijo Lincoln radiante. Había viajado tres veces en tren, pero nunca en el compartimento del correo.

—Pero no vamos a poder ver hacia afuera.

—Mejor, así cierran los ojos y se duermen.

El señor Ono los condujo al vagón de carga, abrió la puerta corrediza y apareció una montaña de bolsas de correo y alteros de periódicos.

—Bienvenidos a su nueva casa —dijo riéndose. Les dio tres mil yenes y boletos de regreso, advirtiéndoles que si los perdían tendrían que quedarse en Tokio a su suerte. Tendrían que trabajar de lavaplatos para poder pagar su regreso.

Mitsuo saltó al tren y Lincoln lo siguió. El señor Ono se despidió con un saludo marcial y cerró la puerta. Al cabo de unos minutos echaron a andar, al principio despacio, pero el tren gradualmente aumentó la velocidad hasta alcanzar ciento ochenta kilómetros por hora.

Al cerrarse la puerta se prendió un pequeño foco arriba. Los chicos se acomodaron y se sentaron sobre las bolsas, abrieron una y sacaron varias historietas. A Lincoln le gustaban los dibujos de los superhéroes japoneses, todos con unos músculos que opacarían a cualquier atleta olímpico.

Por un segundo pensaron en abrir un paquete. Sabían que contenía comida, pero también que era un delito abrir la correspondencia ajena y les aterraba ser arrestados. Así que sólo olieron el paquete, Lincoln creía que contenía ciruelas, y Mitsuo, pescado seco.

Había una pequeña ventana opaca en la parte superior de una esquina del vagón. Lincoln colocó un par de bolsas de correo contra la pared y se trepó, vio los campos cultivados y, a lo lejos, una montaña con restos de nieve. Y en nieve era en lo que pensaba. El vagón de carga se estaba calentando. El aire se tornaba espeso y húmedo. Los chicos sudaban y tenían la boca seca. Lincoln sacó un pedazo de chicle de su bolsillo y lo partió por la mitad.

—¿Qué crees que esté escondiendo tu papá? —preguntó Lincoln desabotonándose la camisa.

—Probablemente dinero. Le gusta repartir dinero.

—Me gustaría que mi mamá fuera generosa con el dinero.

Lincoln se acordó de cuando lo sorprendió hurgando en su monedero. Recordó la carrera alrededor de la sala y ella gritando "¡ladronzuelo!" No se imaginaba que le estaba escatimando un dólar con veinte centavos para el regalo del Día de las Madres.

Cuando el tren entró a Tokio abrieron la puerta de carga y se asomaron temerosos de que alguien los pudiera reprender por viajar de "bulto". Había suficientes testigos: miles de personas que transbordaban apuradas hacia el trabajo.

—Podríamos saltar y correr —sugirió Lincoln.

—¿Por qué no? —asintió Mitsuo.

Contaron *"ichi, ni, san, shi, go"*, y saltaron a la plataforma con los brazos extendidos como alas. Un guardia de seguridad se volvió cuando oyó su estrepitosa caída. Les gritó, pero salieron disparados. El guardia corrió tras ellos, pero Lincoln y Mitsuo fueron más ágiles y estaban muy asustados como para dejarse atrapar. Corrieron un kilómetro, se detuvieron y se sentaron en una banqueta donde un pichón con el pico chueco bebía de un charco aceitoso.

—Vamos por una *Coca* —propuso Mitsuo, agitado. Eran las nueve y media de la mañana y el asfalto reverberaba con el calor de verano.

—Buena idea —dijo Lincoln.

Compraron refrescos en un puesto de periódicos y bebieron lentamente mientras hojeaban las historietas. Mitsuo preguntó por el edificio Sumitomo y el encargado del puesto agitó las manos, masculló en japonés y desaprobó con la cabeza que leyeran sus cuentos sin comprar ninguno.

—¡Ay, no! —rezongó Mitsuo—. Nos bajamos en la parada equivocada. ¡Es del otro lado de la ciudad!

—¡Del otro lado! ¿Qué vamos a hacer?

—Tomar un autobús —dijo Mitsuo—. Vamos.

Abordaron uno, pero iba en la dirección contraria y se alejaron todavía más del edificio Sumitomo. El pasaje les costó veinte minutos y dos boletos.

—¿Por qué no nos dijo? —le reprochó Mitsuo en japonés al chofer.

El chofer le ordenó a gritos que se bajara del autobús. Mitsuo también le gritó y el primero levantó su teléfono para comunicarse a su base.

—¡Qué cerdo! —masculló Lincoln, conteniendo la respiración. Tenía ganas de tirarlo, pero sólo lo pensó.

Se disponían a bajar, pero el chofer apagó el motor; la puerta no podía abrirse, el aire acondicionado se detuvo con un gruñido. Todas las salidas estaban bloqueadas. El chofer abandonó su asiento con una desagradable sonrisa burlona.

Lincoln detectó a dos policías tratando de cruzar contra el tráfico en dirección a ellos. Traían puestos guantes blancos y lucían impecables a pesar del calor, y muy decididos.

—¡Empuja, Mitsuo! *¡La policía!* —gritó Lincoln.

Ambos hicieron presión y la puerta se abrió en el momento en que el chofer cogió a Mitsuo de la manga.

Sin pensarlo, Lincoln utilizó una técnica de *kempō* para liberar a Mitsuo, lanzó un golpe en un punto de presión en el antebrazo del chofer. Él aulló de dolor y cayó de rodillas.

—Lo hice —dijo Lincoln—. *¡Ándale,* Mitsuo!

Saltaron del autobús y corrieron a todo lo que daban, levantando las piernas y moviendo los brazos. Cuando voltearon, los dos policías estaban sólo a una cuadra de distancia. Lincoln y Mitsuo aceleraron su carrera y sus pulmones se llenaron del calor de Tokio.

Se internaron en el metro y saltaron a un tren que los llevó, junto con sus preocupaciones, cerca del edificio Sumitomo.

A la salida del metro, ya al nivel de la calle, el calor los rodeó como un horno. El sol incandescente les impedía abrir los ojos. Mitsuo le pidió orientación a una señora que vendía flores bajo una marquesina rayada; parecía que sus rosas pedían aire, y las margaritas, exhaustas, desfallecían. La vendedora les señaló un edificio en forma de triángulo, tan alto que tapaba el sol.

En el camino estuvieron atentos a los policías con uniforme azul. Parecían estar por todos lados: dirigiendo el tráfico en cruceros congestionados, de guardia frente a las tiendas, vigilando callejones y regañando niños que se atravesaban con la luz roja. Cuando se detuvieron a comprar otro refresco, se toparon con un policía y lo miraron directamente a los ojos; él parecía saber que Lincoln era un delincuente, un joven americano de piel morena que abrió a golpes una puerta para huir de un chofer iracundo, y luego lo tiró con un doloroso golpe en un punto de presión.

Al ver al policía dar la media vuelta y alejarse un nudo de temor se deslizó por la garganta de Lincoln con un poco de refresco.

—Aquí es —dijo Mitsuo.

Se disponían a entrar al vestíbulo pero dieron marcha atrás cuando un guardia de seguridad los miró con ojos de pistola. El edificio era todo de negocios, no era un sitio apropiado para muchachos con tenis, y menos para unos adolescentes que iban a escudriñar las jardineras en busca de un barco de papel.

—Esto va a ser difícil —dijo Mitsuo, mirando hacia el vestíbulo. Inspeccionó cuatro jardineras cerca de los elevadores.

—Sí, ¿cómo le vamos a hacer?

—Ya sé —dijo Mitsuo—. Hay que aparentar que venimos con alguno de los que entren.

Miraron a su alrededor y vieron a la gente entrar por las puertas giratorias: hombres de negocios con trajes arrugados por el calor, burócratas y mensajeros.

—Ya estuvo —dijo Mitsuo señalando a una anciana—. Hay que seguirla.

Caminaron un paso detrás de la mujer y, en del vestíbulo, Mitsuo trabó conversación con ella en un japonés rápido. Le hablaba sin parar para que el guardia de seguridad no sospechara, pero habló tanto y tan alto que éste se volvió a mirarlos.

Mitsuo le preguntó a la señora acerca del helecho de la jardinera más cercana. Ella se dirigió hacia la jardinera y la revisó intrigada, después miró a los chicos. Mientras ella respondía a la pregunta de Mitsuo, él y Lincoln escarbaron la tierra con una actitud muy casual. Nada. Mitsuo le preguntó acerca de otro helecho; ella lo miró extrañada y caminó hacia el elevador. Lincoln vio de reojo que el guardia de seguridad se amarraba las agujetas, observándolos.

Mitsuo y Lincoln desistieron de disimular y corrieron a otra jardinera. Picaron la tierra con los dedos, sacaron hojas y pequeñas piedras, pero ningún barco de papel blanco. Mitsuo vio que el guardia se acercaba.

—Hay que revisar la jardinera de allá —dijo Mitsuo. Corrieron hacia ella y hurgaron entre sus hojas.

El guardia casi estaba encima de ellos y, en el instante en que empezó a interrogarlos, Lincoln separó un abanico de hojas y gritó: "¡ya lo encontré!" Miraba un pedazo de papel humedecido doblado más como sombrero que como barco.

Lo rescató y se alejaron directo a la salida, Lincoln adelante y Mitsuo pisándole los talones

El calor cayó sobre ellos mientras se alejaban corriendo, el guardia los siguió tocando su silbato y gritando que se detuvieran. Dos policías que comían *rāmen* en la barra de la esquina observaron, pero no intervinieron.

Corrieron tres cuadras, luego se detuvieron en un callejón para recuperar el aliento; tenían la camisa empapada. El guardia se había quedado atrás.

Mitsuo desdobló el pedazo de papel para descubrir un simple dibujo infantil de un payaso. Lo volteó, primero desconcertado y después frenético como gato zambullido en agua. El papel no tenía nada, excepto el payaso con tres dientes grandes.

—¿Qué clase de broma es ésta? —preguntó Lincoln.

Mitsuo aventó el papel que parecía burlarse de ellos al caer al suelo.

—Mi papá es un bromista.

Salieron por la calle y fueron vistos por los dos policías que habían estado comiendo *rāmen* afuera del edificio Sumitomo. Uno los señaló y les gritó.

—¡Como el infierno! —exclamó Lincoln empuñando las manos.

—¡Como el infierno! —arremedó Mitsuo—. ¡En tus narices!

Dejaron atrás a los policías y se abrieron paso hacia el metro que los dejaría en la estación de ferrocarril. Eran cuarto para las tres. El viaje en tren duraba una hora y media; llegarían a Atami dos horas antes de que el papá de Mitsuo volviera de trabajar. Les iba a dar mucho gusto salir de Tokio, era un sitio demasiado peligroso, y estaban exhaustos.

Abordaron el tren, esta vez en la sección de pasajeros y a los diez minutos de haber salido de la estación se quedaron dormidos.

El señor Ono ya estaba en la *engawa* bebiendo té helado. Había vuelto dos horas antes para estar seguro de ganarles a los muchachos.

—Se ven cansados, payasos —les dijo, reposando el té en su vientre.

—¡Nos hiciste una broma terrible! —le gritó Mitsuo mientras cerraba la reja—. Una cara de payaso.

—¿Una cara de payaso? ¿De qué hablas? —le preguntó el señor Ono en tono inocente. Se abanicaba con un periódico, conteniendo la risa.

—¡Lo sabes muy bien! —gritaron los dos dejándose caer en los escalones. Tenían el cuello quemado y les dolía la cabeza por el sol.

—Debe haber un error. ¿No encontraron mi mensaje? —Una ola de risa brotó de su garganta. El té helado se zangoloteó derramándose sobre su estómago.

Comieron y cuando la tarde refrescó el papá de Mitsuo sugirió que fueran a dar un paseo en el auto. Unos cinco kilómetros fuera del pueblo se orilló y dijo:

—Tú primero, Mitsuo. Llévame a dar una vuelta.

Los chicos se emocionaron. Mitsuo prendió el auto y revolucionó tanto la máquina que un humo azul apestó el aire. Echó a andar y, fuera de la ciudad, fuera de la vista de su mamá —de la mamá de Lincoln, de la policía— manejaron por el camino, completamente felices de tener catorce años. ❖

Capítulo 15

❖ DESPUÉS DE dos horas de entrenamiento, de cientos de golpes y patadas, de las llaves que le paralizaban los codos de dolor, de maromas en el césped del *dojo,* Oyama-*sensei* llamó a Lincoln. Le acarició el cabello y le dijo:

—Otra vez está muy largo. Córtalo antes del examen.

Lincoln se tocó el pelo; había crecido en las seis semanas que llevaba en Japón. En la primera semana la señora Ono se lo cortó tanto que se le veía el cuero cabelludo. Ahora, a mediados de agosto, lo tenía alborotado como mechudo y casi tan apestoso después de un feroz entrenamiento.

La noche siguiente Lincoln sería promovido a *nikkyu* (segundo rango). Estaba nervioso, conocía las técnicas pero aún tenía temor de decepcionar a su maestra. Temor de que su *embu,* su rutina preparada, le saliera terriblemente mal. Y temor de perder el combate. Esta promoción significaba que tendría que pelear y nadie le aseguraba que no se iría de Japón con los dientes en el bolsillo.

—¿Usted cree que estoy preparado? —preguntó Lincoln.

—No hables así. Confía en ti mismo. —Oyama-*sensei* se alejó desatando su cinta negra—. Córtate el pelo mañana. —Desapareció en el interior de la casa, dejándolo en el patio donde practicó su *embu* un rato más antes de vestirse.

Cuando llegó a casa Mitsuo estaba viendo televisión. Bart Simpson hablaba en japonés, sus labios de pato sincronizaban perfectamente mientras le soltaba una ridícula perorata a su padre.

—¿Dónde están tu mamá y tu papá? —preguntó Lincoln.

—En el cine —repondió Mitsuo apagando el televisor—. Vamos a caminar un rato.

Lincoln estaba cansado pero no pudo decirle que no. Iba a extrañar a Mitsuo; también iba a extrañar Japón.

Después de un baño rápido se sintió mejor. Mitsuo lo estaba esperando en la *engawa*, salieron de la casa y se fueron por la calle. Atami, su ciudad agrícola, olía a cosecha: pepinos, rábanos, nabos, jitomates, y a hectáreas y hectáreas de arroz en costales, listos para ser embarcados.

—*Sushi o tabemashō* —leyó Lincoln en su libro de japonés. Quería aprender lo más posible antes de irse—. Sí, no me disgustaría comer *sushi*. Leyó la siguiente oración murmurando: *¿Nani o sashiagemasu ka?*: ¿Qué le sirvo? —Lincoln repetía sus lecciones en voz baja y de vez en cuando Mitsuo lo corregía.

Pasaron por el *sentō*; se oía el agua salir de los grifos y a los hombres hablar en tono muy alto sobre el trabajo del día. Pasaron por los bares donde los hombres bebían sake e inundaban la atmósfera con el humo de sus cigarrillos. Pasaron frente al palacio del *pachinko* donde las máquinas retumbaban con pelotas de acero. Trataron de colarse para jugar pero fueron echados por un hombre con tatuajes que subían y bajaban por sus brazos como víboras.

Atravesaron la calle y caminaron por un callejón. Cerca de un templo Zen vieron a un hombre intentando forzar la puerta de una tienda de bicicletas. El hombre creía que las sombras lo ocultaban, pero resplandecía azul fluorescente por la luz de una farmacia próxima.

Observaron silenciosos cómo hacía palanca en la puerta que tenía tres chapas. Tras cada intento ruidoso hacía una pausa, miraba a su alrededor y volvía a concentrarse en las chapas. Se dio por vencido cuando pasó un hombre resonando sus *geta*. El ladrón en potencia huyó y Lincoln y Mitsuo lo siguieron en zigzag, de un auto a otro, de un auto a un árbol, de un árbol a un edificio.

—*¡Suave!* —exclamó Lincoln, con la respiración suspendida—. Me siento como un detective.

—Como en *Miami Vice* —dijo Mitsuo.

El hombre se metió a un bar con una cortina de cuentas en la entrada.

—Hay que ver lo que hace —le susurró Lincoln.

Cruzaron la calle, se asomaron por una ventana pequeña y vieron al cantinero sirviendo sake en un tazón blanco.

Lincoln y Mitsuo se sobresaltaron al escuchar sus nombres. Voltearon y se encontraron con los papás de Mitsuo que regresaban del cine.

—¿Qué hacen ustedes dos aquí? —les preguntó la señora Ono—. ¿Por qué están espiando en el bar?

Se ruborizaron y ninguno pudo pronunciar palabra en ese momento.

—Nada más estábamos viendo —dijo por fin Lincoln en tono débil.

—Si están tan interesados deberíamos entrar —propuso el señor Ono.

—Pero es un bar —dijo Mitsuo—. No nos permiten entrar.

—¿Entonces por qué se están asomando? —dijo la señora Ono.

—Yo conozco al dueño. Le consigo viajes gratis en el tren —dijo el señor Ono. Entró y los demás lo siguieron. La cortina de cuentas tintineó.

El bar estaba lleno de humo. En una esquina había barriles de cerveza y sake y, junto a la caja, un acuario de agua verde burbujeante, pero sin peces.

El señor Ono saludó al dueño con una sonrisa, haciendo una leve reverencia. Le dijo que Lincoln venía de California, que prácticamente ésa era su última noche en Japón y que querían celebrar.

El dueño también hizo una reverencia y los condujo a una mesa baja donde les sirvieron bebidas: refrescos a los muchachos, té a la señora Ono y sake al señor Ono.

Lincoln y Mitsuo miraron a su alrededor. Había dos hombres sentados en un rincón jugando *go*. Otros estaban solos, bebiendo.

—¿Cuál crees que sea? —le preguntó Mitsuo a Lincoln en secreto.

Lincoln encogió los hombros y dijo:

—Cualquiera. —Les inquietaba estar sentados junto a un ladrón o, por lo menos, un ladrón en potencia.

A insistencia del dueño no tuvieron que pagar nada, por ser el final de la estancia de Lincoln en Japón. Ahora, el señor Ono hizo una amplia reverencia. Lincoln lo imitó y agradeció:

—*Arigatō gozaimasu.* —Volteó a ver a los dos hombres que estaban sentados en el bar y ninguno sonrió ni se inclinó. Uno de ellos aplastó su cigarrillo y enseguida encendió otro. Lincoln llegó a la conclusión de que los dos eran rufianes.

Por la mañana Lincoln se levantó temprano. Practicó *kempō* en el patio: patadas, golpes, llaves y su *embu*.

La señora Ono le lavó la ropa y la empacó en su maleta. Al siguiente día, por la mañana, él y Tony tomarían el avión a San Francisco.

Después de comer dejó que Mitsuo le cortara el pelo. Lo tijereteó y lo jaló haciendo que Lincoln gritara:

—¡Me estás matando!

El señor Ono lo relevó, al terminar le sacudió los mechones de pelo de los hombros y la cabeza de Lincoln quedó práticamente calva.

Lincoln y Mitsuo se sentaron en la *engawa* sin hablar. Sabían que estaban a punto de separarse, estos hermanos de distintos países. Un mosco aterrizó en el brazo de Lincoln y, en vez de ahuyentarlo, lo dejó chupar. Mañana, en el avión, miraría su brazo y se acordaría de ese mosco y de haber estado sentado con Mitsuo en la *engawa*.

—Tienes que venir a visitarnos —dijo Lincoln.

Mitsuo estuvo de acuerdo en que la próxima vez se reunirían en California. Tenía deseos de conocer la Disneylandia de California, pensaba que era mejor que la de Tokio. Lincoln le dijo que Disneylandia estaba bien, pero lo que le gustaría hacer con Mitsuo era surfear en Santa Cruz. Siempre había querido surfear, pero su mamá no lo dejaba. Si Mitsuo estuviera con él quizá ella accediera y los llevara a Santa Cruz en su auto.

—Sí, puedes cruzar el Pacífico y visitarnos a Tony y a mí —dijo Lincoln. Le describió el distrito Mission, Chinatown, la comida italiana, los automóviles americanos, el puente de la bahía, el Golden Gate, los 49 y los Gigantes, todo lo que tenía vida alrededor de la bahía de San Francisco.

Después de la comida Lincoln se disculpó y dijo que iba al entrenamiento de *kempō*. El señor y la señora Ono querían ir con él pues sabían que esa noche se promovería. Pero Lincoln estaba nervioso y les dijo que no quería que vieran lo terrible que era.

—Eres un muchacho fuerte —dijo la señora Ono. Le había lavado y planchado su *gi*. Se veía poderoso sobre la cama.

—Vas a estar muy mal —le dijo Mitsuo, dándole un golpe en el brazo; Lincoln se lo regresó.

—¡No, qué va, voy a apestar el lugar, de veras!

El señor Ono aseguró que le iría bien. Sin embargo, Lincoln de plano no quiso que lo acompañaran y ellos aceptaron que fuera solo.

Lo despidieron en la reja y se fue caminando por la calle con la tristeza atorada en la garganta. Le dieron ganas de regresar a decirles: "Por favor, vengan a verme", pero no pudo. Pateó una piedra que salió disparada.

Lincoln calentó. Oyama-*sensei* observaba todo de pie. Llamó a los alumnos, tres de los cuales iban a ser promovidos: Lincoln y otros dos chicos como de su edad. La primera parte —patadas y golpes básicos— le salió muy bien. Disfrutaba el chasquido de sus mangas. Sentía su puño extenderse y encogerse; las patadas extenderse y encogerse. Pudo visualizarse: un chico moreno con su *gi* blanco, a ocho mil kilómetros de su casa.

Lincoln batalló con los ganchos y las llaves, y tuvo que repetir su *embu*. La primera vez cayó de bruces en el césped; cuando se levantó le colgaba pasto de la lengua. Tragó saliva y siguió, no perfecto pero bastante bueno como para que dos cintas negras aprobaran con la cabeza.

Oyama-*sensei* les pidió que se pusieran sus guantes. Tuvo otra imagen de sí mismo. Se sentía fuerte; el sudor manchaba la espalda de su uniforme. Saludó a su contrincante, un muchacho con el pelo rasurado, y se le acercó cauteloso. "Ahora es el momento", se dijo. Para esto has practicado tanto.

Lincoln giró y el primer golpe aterrizó en el hombro de su contrincante. Le tocó un golpe en la oreja y, acto seguido, estaban uno encima del otro pateando y golpeando. Se separaron y giraron lentamente, el *kempō* dura toda una vida. Lincoln estaba consciente de esto y su contrincante, a quien le sangraba la nariz, también. ¿Para qué tanta prisa? ❖

Capítulo 16

❖ LINCOLN se asomó por la ventanilla salpicada de lluvia. El océano Pacífico estaba diez mil seiscientos metros abajo, resplandeciente como cuchillo con los últimos rayos de sol. Él y Tony ya llevaban siete horas de viaje de regreso a casa. Habían comido dos veces y visto una comedia que a ninguno de los dos le pareció divertida.

Lincoln reclinó su asiento y miró a Tony que dormía con la boca abierta y los audífonos puestos; se los quitó, pero Tony ni se inmutó. Roncaba suavemente.

Lincoln recordó el combate con el chico de su edad, un muchacho con el pelo tan corto —como el suyo— que se le veía el cuero cabelludo. Había pasado a grado *nikkyu,* dos categorías antes de cinta negra. Pero sí que lo habían golpeado: tenía un golpe en el ojo izquierdo, el labio hinchado, y le dolían las patadas en el brazo y en las costillas. Le habían sacado el aire de una patada. Pero, en el césped que era su *dojo,* ante la presencia de seis cintas negras hincados alrededor del ring, y en su último día en Japón, Lincoln no tuvo que replegarse. Estaba lleno de orgullo, orgullo mexicano. Él no iba a ser presa fácil, paró todos los golpes y devolvió algunos. A su contrincante le salió sangre de la nariz y casi se cae cuando Lincoln le soltó una patada lateral. Cuando acabó el combate se enteró de que su nombre era Yoshi.

Lincoln le hizo una amplia reverencia y Yoshi le correspondió con otra.

—Algún día vas a ser muy bueno —le dijo, con la respiración agitada.

—Tú también —respondió Lincoln.

Eso fue ayer; ahora él y Tony iban de vuelta a casa con regalos para sus familias y para ellos. Los papás japoneses de Lincoln le regalaron un par de *geta*, y Mitsuo le dio dos botellas de *ramune*, mismas que prometió guardar hasta que lo fuera a visitar a San Francisco. Brindarían por ellos y por sus familias y luego saldrían a las calles del distrito Mission.

Lincoln se había puesto muy triste en la mañana cuando vio a la señora Ono cerrar su maleta retacada con ropa, regalos y un nuevo *gi* para *kempō*, obsequio de Oyama-*sensei*. Le costó trabajo contener el llanto mientras, él y Tony, con la familia Ono iban al aeropuerto, y los campos dieron paso a las casas y las fábricas. En el aeropuerto repartió abrazos a los Ono, largos abrazos llenos de cariño, y les prometió comida mexicana de verdad cuando desembarcaran en las costas de California.

—Vuelvan pronto —sollozó la señora Ono. Miró el pelo de Lincoln y lo peinó con sus dedos—. Te crece como arbusto, Lincoln-*kun*. ¿Qué diría tu mamá si volvieras a casa con el pelo hasta los pies?

Lincoln sonrió.

—Sí, vuelve otra vez y te dejaré manejar mi auto —bromeó el señor Ono—. Voy a tener un gran automóvil americano. Un *Cadillac*.

Lincoln y Tony le dieron la mano a Mitsuo al estilo *raza,* se colgaron sus mochilas al hombro y salieron por la puerta 93.

Habían pasado seis semanas fuera de casa, Lincoln estaba pensando en su mamá, una mujer trabajadora que lo vestía y alimentaba, y en Flaco, su perro. También sus papás japoneses eran muy especiales para él. La señora Ono con su ternura, el señor Ono con su noble rudeza y sus bromas excéntricas, y su ahora hermano, Mitsuo.

Lincoln miró de nuevo por la ventanilla. El sol ya casi había desaparecido y abajo, muy, muy abajo, estaba el océano Pacífico. ¿Qué vida podía ser mejor que la que estaba viviendo? ❖

Glosario en español

¡ándale!: ¡apúrate!

carnal: hermano de sangre, buen amigo.

chango: latoso.

chavalo: muchacho, jovenzuelo.

Chicano: persona de ascendencia mexicana.

cholos: pandilleros.

ése: tío, tipo.

la *migra*: autoridades de migración.

Mechista: miembro del grupo político universitario MECHA (Movimiento Estudiantil Chicano de Aztlán).

mi'jo: mi hijo.

mole: guiso de chiles.

¡órale!: ¡está bien!, ¡sale!

raza: gente latina

simón que sí, papi: claro que sí, papá.

vato: tío, fulano, tipo.

Glosario en japonés

anata no tan 'joobi wa itsu desu ka?: ¿cuándo es tu cumpleaños?

arigatō gozaimasu: muchas gracias.

Chichi: mi papá.

dojo: sitio de prácticas o escuela de artes marciales.

embu: rutina, ejercicios.

engawa: terraza, pórtico.

futon: cama doblable.

gasshō: saludo.

geta: sandalias de madera.

gi: uniforme de artes marciales.

go: juego de mesa similar al juego de damas; cinco

hachimaki: banda para la cabeza.

Haha: mi mamá

hashi: palillos

ichi: uno

ima Atami ni sun'deimasu: "ahora estoy viviendo en Atami".

Jizō: santo que protege a los niños.

juhō: técnicas de agarrar y sujetar.

kanji: caracteres japoneses empleados en la escritura.

katana: espada.

kempō: arte marcial.

kun: terminación de un nombre propio utilizado entre amigos o por un superior; por ejemplo, un padre a su hijo.

kyu: nivel.

mimikaki: hisopo.

nasu: berenjena.

ni: dos.

nigirimeshi: bolas de arroz.

nikkyu: segundo rango.

ohayō: buenos días.

pachinko: juego similar al billar.

rāmen: fideos.

ramune: bebida típica.

sake: licor de arroz.

samurai: guerrero noble.

san: tres.

sankyu: rango cinta marrón.

sensei: maestro.

sentō: baño público.

shi: cuatro.

shorinji kempō: arte marcial.

sumo: tipo de lucha en la que el objeto es empujar o tirar al contrincante fuera del ring.

sushi o *tabema shō*: vamos a comer sushi

tatami: estera de paja

yen: moneda japonesa

yukata: kimono de algodón

Índice

Este libro se terminó de imprimir y encuadernar en el mes de noviembre de 1998 en Impresora y Encuadernadora Progreso, S. A. de C. V. (IEPSA), Calz. de San Lorenzo, 244; 09830 México, D. F. Se tiraron 7 000 ejemplares.